パソコンがかなえてくれた夢

障害者プログラマーとして生きる

吉村隆樹
Yoshimura Takaki

高文研

◎――もくじ

第1章　チャレンジ魂●小・中・高校時代

第2章 パソコンとの出会い ●大学時代

第3章 実現した社会参加 ●就職

第4章　障害者プログラマー●社会人として

装丁＝商業デザインセンター・松田礼一

第1章 小・中・高校時代

チャレンジ魂

▲小学校の運動会で。

※療育園《りょういくえん》いちばんの泣き虫

私は東京オリンピックの翌年、一九六五年、奈良県で父義之《よしゆき》、母アヤ子の長男として生まれました。一歳の時に脳性小児マヒと診断されましたが、分娩の時にこの病気になったそうです。それから約二年後に弟の光生《みつお》が生まれ、現在も二人兄弟です。三歳になって奈良の東大寺《とうだいじ》整肢園《せいしえん》に入園しました。そのころは、まさかこれほど重度の障害があるとはだれも思っていなかったそうです。とにかく、そのころの私はよく泣いたらしく、この園が始まって以来の泣き虫だとよく言われていたと、なんども聞かされました。

四歳の時、父の転勤で、長崎の大村にやってきました。そして、諫早《いさはや》の整肢《せいし》療育園《りょういくえん》というところに、お世話になることになりました。小学校に入るまでは、週に一度、訓練のために諫早まで通いました。当時は、ようやく立てるくらいでした。食事は、全面介助です。そのような状態で整肢療育園に入園し、それと同時に、併設の諫早養護学校（分校）の小学部に入学しました。整肢療育園というのは身体の不自由な子どもたちが手術やリハビリを受けるための病院です。隣の養護学校には小学部と中学部があり、園児はその学校に通いながら治療などを受けることができます。

そのころのことを思い出す時、一番に頭に浮かぶのは、親と別れる時のことです。中でも入園した日のことは今も鮮明に記憶しています。

一九七二年四月四日、諫早《いさはや》の整肢療育園への入園日でした。奈良でも同じような施設に入っていたのですが、幼すぎてほとんどその時の記憶はありません。ですから、この日のことが私にとっての一番古い、強烈な記憶なわけです。この日が来るまでの間、母は一所懸命に、学校に行くのだから我慢しなさいと、園に入ることを納得させていたそうです。私は、まだ親元から離れるということよりも、学校に行くということがうれしくて、「うん、うん」と、うなずいていたそうです。

療育園に行くまでの間はわくわくしていたのですが、療育園で自分の部屋に入ると、同じような障害を持った子どもたちがいて、以前、奈良の施設にいた時のことが蘇ってきて、何ともいいようのない悲しみ、不安に包まれました。そしてその不安から逃れようと、ずっと母の膝の上から離れませんでした。

午後の入園式では、私も両親に抱かれて、講堂に行きました。でも新入園児は一番前に座らせられ、保護者は後ろです。新入園児の名前を呼ばれたり、園長先生の挨拶があったりして、式は進んでいきます。私は、終始、後ろを見ていました。父や母がそこにいるのを確認していたのです。ところが、ふっと家族の姿が見えなくなりました。私は、「帰った」と思い、大きな声で泣きだしました。すると、後ろから父がやってきて、「まだ、おるやんか」と言って、それから式が終るまでの間、横についていてくれました。そうして、式は終わり、時は、運命の夕食へと進んでいくのです。

入園式がすんで私たちは、また自分の部屋に戻りました。時間はだんだんと夕方に近づいていきます。夕方には当然、両親は家に帰ります。私もそのことはわかっていたため、悲しみというか不安というか、何ともいえない嫌な泣きたい気持ちがますますつのっていきました。母は私のそういう気持ちを和らげようと、四日後の入学式の話をします。「あと四つ寝たら、また来るさかいな」とか。この「あと四つ寝たら」という言葉は今でもはっきりと覚えています。

そのうちに、看護婦さんが、夕食だからといって、私を呼びに来ました。そしてその時初めて、車椅子というものに乗せられました。私は、夕食に行っている間に家族は帰るだろうという予感はしていました。そして、母に「まだ、帰りなや（帰らないでね）」と、半分、泣き声で言いながら、看護婦さんに車椅子を押されて、食堂に行きました。

私の食事は車椅子に穴の開いたテーブルを取り付け、その穴にご飯の入った食器をスポッと入れ込んで、食べるようになっています。最初は自分で食べるようにと、スプーンを渡されましたが、どうしてもできないため、看護婦さんに食べさせてもらいました。でも、その日の夕食は早く部屋に帰りたいのと、不安なのとで、あまり食べず、部屋に向かいました。まだ、家族が帰らずに部屋にいることを祈りながら…。

はじめての車椅子を慣れない手で一所懸命に操って、ようやく部屋にたどり着くと、やはり、家族は帰ってしまったあとでした。そこでまた、私は大きな声で泣きました。入園の日の記憶はそこで途切れています。あとで聞いたのですが、その夜は、同じ部屋の人が添い寝をして私を寝かしつけてくれたそうです。

入園してから「四つ寝た」入学式の日は、学校に行けることと、四日ぶりに母に会えることがうれしくて、朝から上機嫌でした。でも入学式等がすんで学校から療育園の自分の部屋に帰ると、また夕方です。私は、また母が帰ることを考え、べそをかきだしました。それを見て母は、「家に帰りたいなら、その胸に付いた名札を外さないといけないが、どうするの」と言いました。学校に行くことと、家に帰ること、どちらもできればいいのにと思いながらも、べそをかきながら、名札の所に手を当てて、「はずさへん」と言ったことを覚えています。それだけ名札を付けることを幼いながらに誇らしく思っていました。

でも、母が帰った後はやはり泣きました。こういう泣き別れは小学校四年生まで続きました。正確には面会のたびに泣いていたのは入園してから四カ月間だけです。四年生までべそをかいていたというのは夏休みや冬休みの帰省の後、園に送ってきてもらった時のことです。

それと名誉のためにもう一つ、付け加えさせていただくと、そうやって何度も泣いた私ですが、「自分も帰る」と言って泣いたことはありませんでした。自分はそこに残るしかないと、得心していたと思います。母もきっとそのことがわかっていたから「名札を取るか?」ということを幼い私に聞いたのでしょう。

※先生が作ってくれた特製の「おざしき」

当時の同級生の中では私が一番重度でした。文字もうまく書けないし、移動も当時は車椅子だったのでうまく動かすことができません。それに言語障害の私の言葉がうまく先生に伝わるか両親は、ずいぶん心配したみたいです。でもいざ学校が始まると、それらはみんな解決していきました。

まず、言語障害の問題ですが、当時の担任の先生もずいぶん苦労されたようですが、何度も根気強く聞いてくださいましたし、それでもわからない場合は、すぐに同級生の誰かが通訳してくれました。何人かの同級生が園の方でも同じ部屋だったため、すぐに私の言葉にも慣れてくれました。ですから、先生とのコミュニケーションはもちろんですが、友達との会話にもそんなに困ったということはありません。それどころか同級生のみんなには通訳以外にも車椅子を押してもらったり、トイレの世話など入学したばかりで、何ひとつ自分のことができない私はずいぶんと助けてもらいました。

文字については、私は今でもそうですが、机の上での作業が苦手です。文字も書くことができません。床に座ってなら何とか人に読んでもらえるような文字を書くことができます。それで小学四年生までの間は文字を書く必要がある時は、椅子から床に降りて座り込んで書いていました。でも床に座っているのは衛生的にも良くないし、見た感じも良くはありません。

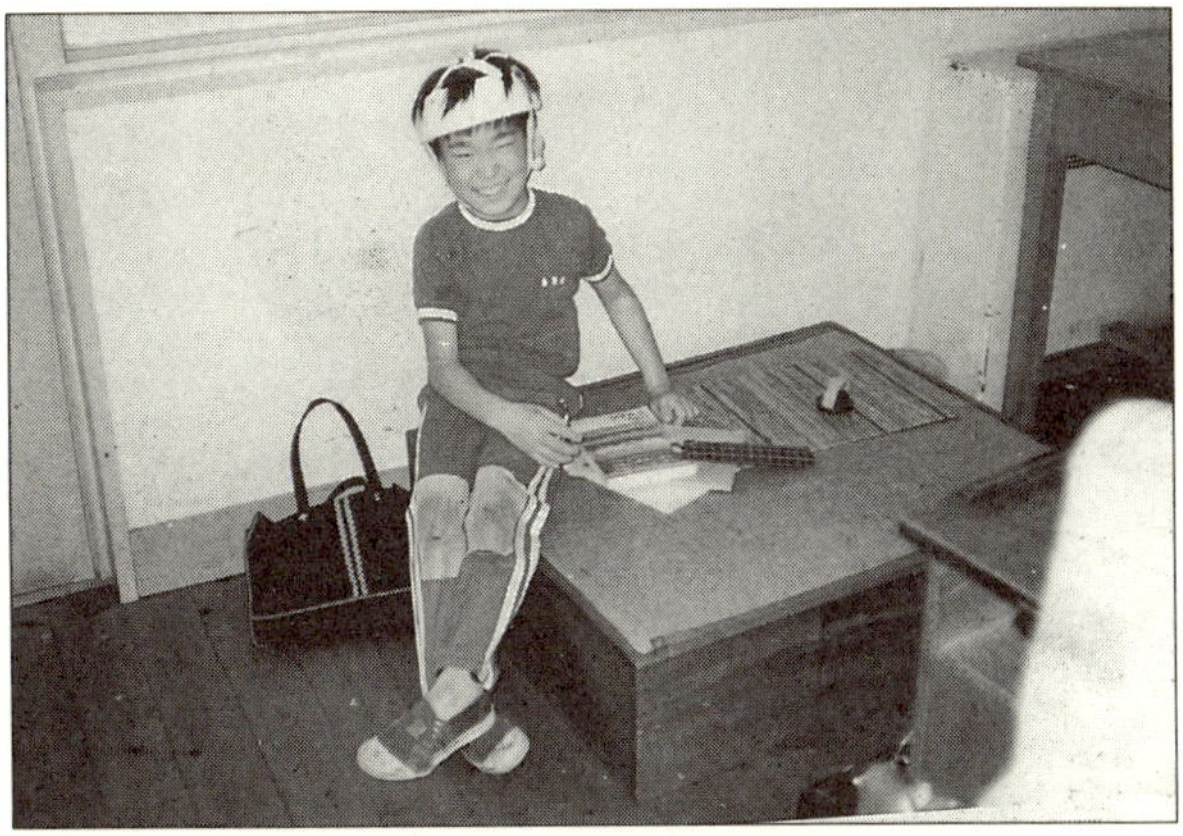

▲「おざしき」で授業もバッチリ！

それで四年生の時に半畳の畳を埋め込んだ高さが二五センチぐらいの私専用の台を先生が一所懸命作ってくださって、その上に座って授業を受けるようになりました。みんなはそれを「おざしき」と呼んでいて、高校卒業まで愛用させていただきました。

移動の問題も入学してまもなく、歩行車を使うようになり、自由に動き回れるようになりました。歩行車というのは小さい車輪がついた手押し車で、私たちのようにうまく歩けない者はそれにつかまって歩きます。私の場合は歩くというよりも、それにぶら下がって、足で地面を蹴って進むという使い方をしていました。それまでは車椅子で、上手に操作できなくて、行きたいところにもなかなか行くことができませんでした。しかし歩行車に乗り始めてからは、自分の好きなところに、思い通りに行けることがうれしくて、いつも走っていたことを思い出します。

当時は怖いもの知らずで、下りのスロープを思いっきり走り降りたり、病院の廊下を同じ歩行車の先輩と競走したり、看護婦さんに後ろからそっと近寄っていたずらをして逃げたりと、悪いこともいっぱいしました。時々廊下の継ぎ目に前のタイヤがつんのめって、痛い思いをしたこともあります。

面会の後や帰省の後、親と別れる時はいつも泣いていた私ですが、一時間も経つとすぐにその悲しいことも忘れてしまって友達と遊んでいました。それだけ、私にとってそこでの生活が楽しかったのだと思います。

※歩行訓練

療育園では、当時私は手術をする必要もないということで、主に歩行訓練をやっていました。療育園に入るまでにも、毎週、母と通って訓練をしてもらっていて、なんとか短い時間でしたが、立っていることができるようになっていました。

しかし、歩くとなると、なかなかです。月曜日から金曜日まで、ほとんど毎日、訓練の時間があるのですが、確かそのうちの四日ぐらいが歩行訓練に当たっていたと思います。私は、絶対に歩くようになりたいという強い願望を持っていましたし、また私とよく似た障害で歩行車に乗った人が何人もいて、同じように歩行訓練をしていたことから、ライバル意識のようなものもあり、比較的まじめにやっていたと思います。

「歩けるようになったら、富士山に登ろう」と両親が物心付くころから私に言って聞かせてくれていたため、その目標に向かってということもありました。その甲斐あってか、いつごろからか忘れましたが、なんとか歩けるようになりました。歩けるといっても、足を一歩前に出しては、手をやじろべえのように広げては、バランスを取り直すということのくりかえしで、一〇メートル歩くのに何分もかかるというようなものでした。それでもちょっとでも前に進めたことはすごくうれしいことでした。夕食の時に病室から食堂まで一時間程かかって、歩いて行ったりもしました。でもそれはあまりに時間がかかりすぎるため、三日坊主で終わりましたが。そんな時、私のライバルたちは、どんどん歩けるようになって、歩行車がとれていきます。この時は正直言って悔しい思いをしました。

小学六年まで、歩行訓練を続けたのですが、そんなに上達せず、ついに、高校を卒業するまで歩行車をはずすことはできませんでした。今、考えると、私の歩き方に問題があったのだと思います。というのは、一歩踏み出すたびに、倒れることを恐れて、バランスをとっていました。しかし、これではスムーズに歩くことはできません。人間が歩く時は前に倒れながら歩いているということを教えられたことがあります。つまり歩く時、まず前に進もうとする動きに身体を委《ゆだ》ねます。そしてそのままでは前に倒れてしまうから、それを防ぐために自然と足が出て、それが歩いたり走ったりする動きになるのです。

私の場合、倒れるのが怖くて、それができなかったのです。その証拠に、よく後ろに倒れていました。倒れてもいいから、とにかく前へ前へと、体重をかけていくように心がけて訓練していれば良かったと、ちょっと後悔しています。このことに気がつくのは、ずっと後のことでした。

※自分で食べられるようになった喜び

歩く訓練と併行して作業療法の訓練も受けていました。つまり手でいろんな作業をする訓練です。私にとって大きな問題は食事が自分一人でできなかったことです。小学校四年生ぐらいまでは食事はいつも看護婦さんたちに食べさせてもらっていました。もちろん、食べるということは、人間が生きていくうえでは、最も大切なことなので、小さいころからスプーンを曲げたり、おにぎりにしたりといろいろ母が試してくれました。でもどうしてもうまくいきませんでした。療育園に入ってからもずいぶん食事の練習はしました。でもやはり不随意《ふずいい》運動がひどいため、スプーンが口に届くまでに全てこぼれてしまうのです。

不随意運動というのは自分の意志に反して手などが動くことをいいます。スプーンに物を乗せたときなど、そーっと落とさないように口まで運ぼうと思うと、逆に力が入り、その手が大きく揺れたりするのです。だからといっておにぎりにすると、つかむ加減ができなくて、ぎゅーっと握りつぶしてしまっていました。ただパンだけはどんなに力いっぱい握ってもちぎれて落ちたりしなかったので、何とか自分で食べることできました。

そんな状態だったので、自分で食事を取るということはちょっとあきらめかけていました。そんな時、当時購読していた学研の科学の付録についていた風力計の羽がヒントを与えてくれたのです。その羽はちょうど計量スプーンの様な形をしていました。それをさわっているうちに、偶然、薬指に引っかかりました。そして何気なくそのまま口元に持っていってみると、その羽はみごとに水平を保ったまま口元まで運べたのでした。この瞬間、「この持ち方だと、自分でご飯を食べられるかも知れない」と思ってすごい胸の高鳴りを覚えました。

思えば、それまではスプーンの握り方は鉄棒を握るような感じでばかり試して、他の握り方は試したことがなかったのです。その日の夕食、さっそく看護婦さんに「自分で食べてみる！」と言って実際に試してみたことはいうまでもありません。

でも、実際は自分が思っていたようにうまくはいきませんでした。ただその時はものすごく悔しかったせいか、そこであきらめませんでした。「スプーンを口に運べないのなら、逆に口を持っていけばいい！」そう思ってやってみました。すると手をテーブルにつけたままなので、そこに固定することで不随意運動も押さえられて、比較的スムーズに食事を口に入れることができたのです。この時はさすがにものすごくうれしかったです。

テーブルは穴の空いた板にドンブリを埋め込んで、という特別なもので、食べる格好も決していいというものではありませんが、その翌日からはずっと自分で食べるようになりました。それ以降もいろいろと訓練をして、お皿に入れてもらうと多少こぼしたりしますが、学校や自宅といった落ちついてできるところで、私にぴったり合ったテーブルなら、自分で食べられるようになりました。でも汁物やおかずなどとなると現在も、人の介助が必要です。

六年生の時には、かねてからの願いであったタイプライターを支給してもらいました。それまでは訓練で、カナタイプを練習させてもらっていたのですが、支給されたのは、漢字も打てる最新式の電動タイプライターでした。青いボディをしたネオライタというもので、その姿を見た時は、うれしくてうれしくてたまりませんでした。確か、長崎県でこのタイプを支給されたのは私が二人目で、多くの先生方が注目する中での初打ちでした。でも、緊張と、喜びでの興奮とで思うように打てず、先生方をやきもきさせたと思います。

その後、タイプライターを自分の部屋に持ち帰り、しばらくは喜びを噛みしめながら練習していました。当時の将来の夢は小説家でしたから「このタイプさえあれば、仕事はできる」と、夢のようなことを考えながら…。

タイプを練習し始めた当初は、一分間に数文字というペースでしか打てず、本当に使えるのだろうかと、自分でも心配になりましたが、退園するころには、一〇倍まで早く打てるようになり、このタイプには大学卒業までお世話になることになるのです。

※楽しみな面会日

療育園の生活で一番楽しみにしていたのは日曜日です。日曜日には毎週、欠かすことなく母と弟が面会に来てくれました。たった二人の兄弟なので、できるだけ一緒に過ごさせたいという母の思いでした。父は仕事の都合でたまにしか来られなかったのですが、その分、父の来る日はいつもより楽しみにしていました。

面会の日の朝となると、十時にならないと来ないとわかっていても、九時過ぎから園の玄関前の道路に出て母や弟をわくわくしながら待っていたものです。三〇〇ｍぐらい先の曲がり角をじっと見つめていて、そこを曲がって出て来る米粒ほどの大小二つの人影で、当時は自分の家族が識別できていました。その人影がだんだん大きくなるのを、本当にわくわくして見つめていたものです。

面会の時間は通常は五時までだったのですが、私の家は遠くて、列車の時間の都合で家族は四時に帰らないと間に合いません。他の人よりも一時間も早く家族と別れなければならないことはまだ低学年の私にとってはとてもつらいことでした。でもその分、母たちはその面会時間の間中、片時も離れず愛情を注いでくれたと思います。

ところで、その面会時間によくやっていたことが二つあります。一つは勉強です。当時リコーから出ていた高価な学習用の教材を買って、毎週持ってきてくれていました。授業参観や、私との会話の中から、私が算数が好きだということを感じ取って、それをのばしてやりたいという思いから買ってくれたのだと思います。その機械を使って、私は算数の勉強を毎週させてもらっていたのです。

その教材はテープに声を吹き込んであって、聞きながら学習を進めていきます。自分では好きな算数でもあるし、答えが合うのが面白くて楽しんでいたつもりだったのですが、テープの声が周囲にも良く聞こえるため、すぐに「勉強家」とか「ガリ勉」とかいう噂が立ちました。五年生の時はそれで仲間はずれみたいになったこともあります。

今考えると大したことではないように思いますが、友達とワイワイしていることが好きな私でしたので、結構堪《こた》えました。幸い、そういう状況は長くは続きませんでした。

そんな嫌なこともあった面会の時の「勉強」ですが、その間、母もずっとつきあってくれてうれしかったし、算数も好きだったので、「勉強している」という感じは全然なくて、本当に楽しみながらやっていました。今、プログラミングが好きなのは、このころ楽しんでいた算数も一つの要因なのかも知れません。

※弟といっしょにプラモデル作り

ところで私は現在もそうですが、昔から物を作ることがとても好きでした。学校の授業中は決しておとなしくなくて、落ち着きがないと言われていたのですが、図工の時間だけは特別でした。絵を描き始めると黙々と描き続けます。どの先生もその時の熱中している様子に驚かれていたほどです。

工作はもっと好きだったのですが、自分では組立ができないため、アイデアだけが先走りして、それを作れないことに悔しい思いをしたことも幾度となくありました。

そんな私が面会の日によくやっていたもう一つのことというのはプラモデル作りです。といっても、手が不自由な私が一人でそんな細かい作業ができるわけがありません。だからといって、父や母に作ってもらうのを見ているだけというのも面白くありません。それでどうしていたかというと、二つ下の弟に作らせていたのでした。

弟は低学年だったので難しいプラモデルの説明書は読めません。ですから、私が説明書を読んで作り方を弟に一つずつ教えて、一緒に作っていたのです。説明書を読んで教えているから私も一緒に作っているという気分になれます。弟にとっては自分の年齢以上の難しいものまで作らされてちょっと大変だったかも知れません。時どきうまく作れなくていらいらして喧嘩したこともありますが、今となっては良い思い出です。きっとそのころからの「作ること」への思いがプログラマーとしての今の自分にも根付いているのだと思います。

※好きなものが食べられる日

ところで園の面会の時、一つ厳しく制限されていたことがあります。それは外部から持ち込まれたものは絶対に食べてはいけないということです。今考えると、少しぐらい違反してもバレなければ食べてもよかったかな？　と思いますが、当時の私たちは「くそ」がつくほどまじめで、面会に来て親が差し出すものは、しっかりと口をつぐんで一切食べませんでした。きっとその時は両親はさみしい思いをしただろうと思います。

食べ物に関してはとても厳しい園でしたが、時どき自分の好きなものを食べても良いという行事もありました。それは遠足や海水浴です。運動会も自由に食べることができた行事です。これらは保護者が弁当を持ってきても良いということになっていたので、本当に自分の食べたいものが食べられる時でした。

私が四年生ころまでは帰省も夏休み、冬休み、春休みの三回だけでしたから、これらの行事が本当に楽しみでした。そしてその日が近くなると、ちょっと信じられないものをリクエストしたものです。それはどんなものかというと、おはぎ、うなぎ、さしみ、カップヌードル、にぎり寿司などです。さらに驚くのは、これらすべてのリクエストに私の両親は応えてくれたということです。

ウナギの時などは、今はスーパーに行けば、ちゃんと蒲焼《かばや》きにしたのがいつでも手に入りますが、私の家は田舎で、蒲焼きなんて売っていません。それで、母が近所のいけすがある真珠養殖所に、生きたウナギを分けてもらいに行って、四時起きでさばいて、焼いて持ってきてくれたのです。またカップヌードルの時は、お湯を沸《わ》かすために固形燃料まで持ってきて食べさせてくれました。

ところで、そんな行事の中で特に印象深いのが海水浴です。二時間近くもかけて海水浴場まで連れて行ってもらい、そこで先生たちも一緒に海に入って、無理矢理深いところに連れて行かれて怖かったことは今でもよく覚えています。また、ちょうど私が七月生まれのため、海水浴での誕生会で毎年、スイカ割りができたこともうれしい思い出です。

園での生活を今、こうして思い出す時、どれも先生たちの私たちに対する深い愛情が感じられます。クリスマスにはクリスマスムードたっぷりの盛大なクリスマス会が催され、園長先生が扮するサンタクロースを本当に楽しみに待っていたものです。また、夏には納涼《のうりょう》大会で浴衣を着せてもらって、夜遅くまで提灯の下で盆踊りやゲームに興じたことや、母の日の前には娯楽室で保母さんの指導のもとに、折り紙でカーネーションを作って母に手紙を書いたことなど、他にもいろいろあります。本当なら家族の中で過ごす年齢なのですが、そんな時期にこんなにも明るく過ごせたのは療育園の先生方のおかげだと思います。

※緊張とのたたかい

小学校の高学年ごろから、脳性麻痺特有の緊張がひどくなってきました。それ以前からも、不随意運動はありましたが、ここでいう緊張はそれとは異なり、ちょっと私にとってはやっかいなものなのです。健常者の人でも、いやなことがあったり、興奮したり、驚いに顔や動作に現われることがあると思います。それを健常者の場合は人に悟られないようにセーブできるのでしょうが、私はセーブしようとすると、もろに顔や動作に現われるようになったのです。

これは、本当にやっかいなものです。写真を写すからといって、「チーズ」と言われると、緊張で顔が引きつってしまいます。さらに、その時にフラッシュなんか焚《た》かれようものなら、もうそのことが緊張に拍車をかけてしまって悲惨なものです。卒業記念写真も例外ではなく、ばっちり、緊張が顔に出たところを写されていました。

また、家族でテレビを見ていて、急にヌードなどのシーンが出てきたりすると、「こんなものを見ていて、何も言われないだろうか？」と考え出すと、身体がもぞもぞ動きだしたり…。かといって、目を反《そ》らすのも、なんだか不自然だし、第一に、見たくもあるしで、本当に困っていました。最近は、この件に関してはそうでもなくなりました。と、いうことは、以前はうぶだったのでしょう。

また、大きな音も苦手です。以前は、大きな音を聞くと、飛び上がっていましたが、これもまた、事前に大きな音が鳴るとわかると、びっくりしないようにと構えてしまい、緊張状態に入るのです。時には、その時に恐怖さえ感じることがあります。

とくに、博覧会などのパビリオンに入った時なんか、それがひどく現われます。大きな音が出るんではないかと緊張状態に入って、必死で構えているというのに、そんなに大きな音は鳴らずにくたびれ儲けということも良くあります。

この種の緊張のなかで、いちばん困るものは美女の前で起こる緊張です。私も一応、男ですから、美しい女性や好意をよせている女性の前では、かっこよく見せたい！　という衝動にかられます。これがまた悪いことに、緊張の発生原因になってしまうのです。頭の中では、女性の前でニッと笑って、歯がキラリと光る所を思い浮かべているのですが、実際はそれどころではなく、顔が引きつってしまいます。こんなことでは、女性の前でかっこいい所なんて見せられません。「男は顔ではないっ！」とは思っているのですが…。

高校時代、よく先輩と、このように顔が緊張で引きつる現象を「顔面緊張」といって、笑いあったり、慰め合ったりしたものです。幼いころ、先輩たちのこのような現象を見て、自分はあんな顔はしていないと思っていたのですが、やはり仲間入りしてしまいました。

※女の子たちが運んできた〝新しい風〟

小学校六年のころ、私たちの学校に側わん症の子どもたちが大勢入ってきました。側わん症というのは背骨が曲がる病気です。私のクラスにも五名の女の子たちが転校してきました。これにより私のクラスでは半分以上が普通校からの転校生という状態になりました。

このことは私にとってすごい刺激でした。こんなに多くの普通校にいた女の子たちと一緒に遊んだり、勉強したことなんてかつて一度もありませんでしたから…。

彼女たちは背も高いし、優しいいし、頭もいいし。それまで健常児というと、ちょっと〝別の世界の人たち〟という感じがあったのですが、彼女たちは私にも普通に接してくれました。そのことがめちゃくちゃうれしくて、楽しくて楽しくてたまらないという毎日になりました。私がその中の一人に一目惚れしたということもありましたが…。

普通校から来た彼女たちははっきり言って、私よりも勉強ができました。授業の時もよく手を上げるし、テストも良い点をとります。元来、負けず嫌いの私ですから、ライバルが現われたという思いで、本気で負けないように勉強したものです。その時は勉強が本当に楽しかったです。時にはわかっている問題をわからないふりをして、好きになった彼女の部屋に教えてもらいに行ったこともあります。

また、彼女たちとの話も新鮮で楽しいものでした。私たちが知らない普通校での生活のことなんかもいろいろ聞かされました。そのうちに私も普通校に行ってみたいという憧れを持つようになったのです。普通校に行って、もっと多くの友達を作って一緒に勉強したり、遊んだりしてみたいと思いました。でも、当時の私にとっては普通校に行くということは手の届かない雲の上のような話でした。そんなことよりも、ちょうどそのころ、私には諫早養護学校の本校の方へ行くように迫られていたのです。理由は、もう手術の必要もないから園にいる必要もないということでした。

実はこの話は一年前から出ていました。でも、その時は両親が頼んで、もう少し園に残れるようになったのです。残れるようにお願いした理由はやはり食事でした。スプーンで何とかお皿に入ったご飯などは食べられるようにはなっていたのですが、まだ胸を張って「自分で食事を取れます」とは言い切れない状態で、汁物やおかずなどは人の介助が必要です。環境が変わると、うまく自分で食べることができなくなります。ご飯さえ自分で食べられるようになれたら、どこにでも行けるのにと、今でもよく思います。

当時、本校ではなんでも一人でしなくてはいけないと聞いていたので、食事のことが心配で本校に行くという返事ができずにいたのです。園ではちゃんと看護婦さんが食事の介助もしてくださいました。でも小学六年の時は、先生方に「食事も、生きていくのには絶対に必要だから、いざとなれば何とかなる」と強く説得されて、結局、中学校から諫早養護学校の本校の方に移ることになりました。

※養護学校中学部へ

私の転校した養護学校は、諫早のニュータウンの中のちょっとした丘の上にあります。

運動場の周囲には、フェンスが張ってあり、そこから見おろすと、すぐ五メートルほど下に民家の庭があるという所です。生徒のほとんどが廊下続きの寄宿舎に入っており、また長崎市内からスクールバスで通っている生徒や、家が近いため徒歩で通学している生徒もいました。もちろん私は家が遠いため、寄宿舎に入舎しました。私はこの養護学校で中学と高校の六年間、お世話になりました。そこでは先生とのつながりがより深くなったと感じました。

まず、驚いたのが食事です。養護学校では先生も生徒と一緒に同じテーブルに座り、同じ給食を食べます。朝食や夕食も同じで、寮母さんも同じテーブルで一緒に同じものを食べます。そして、その合間に私のようにうまく食事ができない生徒の世話もしてくださいます。園では何でも看護婦さんが介助に専念してくださっていたので、養護学校に行ってそのことが一番の驚きでした。そしてこのことが、いっそう、先生や寮母さんに対する親しみを持たせてくれたと思います。特に寮母さんは各部屋に二人担当がついてくださり、どんなこともその担当の寮母さんに頼んだり、相談したりすることになっています。その寮母さんたちも時間のある時はなるべく部屋に来て、優先的に部屋のことをやってくださっていましたから、寮母さんとの関わりはとても大きかったと思います。

ところで養護学校には予想していたとおり、厳しさがありました。寮母さんも療育園にいたころのように何でもやってくださるわけではありません。食事の介助もそうですし、寄宿舎では洗濯から掃除に至るまで、生活面は自分たちでほとんどしなくてはいけないのです。それでも、できないものはできません。

そんな時、もちろん寮母さんも手伝ってくださいましたが、私たちは自分たちで、できる者ができない者をサポートしたのです。私もずいぶんみんなに助けてもらいました。食事の汁物がうまく自分で吸えなかったので、先輩や後輩に手伝ってもらったり、洗濯を干すのも、布団の上げ下ろしなどもそうです。寄宿舎に入った当初は食事がうまくできずに、本当に心細い思いをしました。その分、みんなに助けてもらったことはすごくうれしく感謝しています。

※〝外出〟で受けたショック

寄宿舎での生活は、洗濯や便所掃除など自分でしないといけないなど、厳しい面もたくさんありましたが、その反面、療育園と違った楽しいこともたくさんありました。

その一つが外出する機会が増えたことです。寄宿舎では療育園と違い、部屋単位でおやつを食べられます。そのおやつも日曜日などに担当の寮母さんと一緒に近くのお店まで買いに行きます。また散髪や病院も同じでした。ですから学校の外との世界に接する機会が多くなりました。それまでは父や母におんぶされて外出することが多かったのですが、このころからは中学になる時に買ってもらった自分の車椅子で外に出るようになりました。

中学といえば、ちょっとしたことにも気になったり、恥ずかしく思ったりする年ごろです。私もそうでした。正直言って最初のころ、車椅子で出て行った時の周囲の視線がとても気になりました。

そんなある日、すごくショックなことがありました。買い物をしていると、一人の小学生の少年がやってきて私を指さして「この人、生きとっと？（生きているの）」と…。私もちょっと考えごとをして「ぼーっ」としていたからかも知れませんが、そんなことを目の前で言われたことなんかなかったので愕然《がくぜん》としました。その時は一緒におられた寮母さんが「そんなこと言ってはいけません」と叱ってくださいましたが、それからの数日はそのことが頭から離れずに、とても気持ちが落ち込みました。でも外出を重ねるうちに私の心も強くなったのか、少々のことは気にならなくなりました。

中学三年生の時には散歩外出の許可がおりました。これは地区センターという三キロ程離れた所までは寮母さんの引率なしに自分たちだけで行くことができるようになったのです。そのころには先輩たちのがんばりで小遣いももてるようになっていて、日曜日のたびに友達と誘い合って買い物に行っていました。

※夏休みのキャンプファイヤー

養護学校に移って自分の家で過ごす時間もぐんと増えました。療育園のころは月に一度の週末に一泊と、あとは夏休み、冬休み、春休みの一時帰省だけでした。その一時帰省も長くて一〇日でした。でも養護学校では週末は帰ろうと思えば毎週でも帰れるし、夏休みなども最初から最後まで家で過ごせました。最初のうちはそんなに頻繁に家に帰れることが何か信じられませんでした。

養護学校の夏休みは七月二〇日から八月二四日の三五日間です。ふつうの学校より約一週間短くなっていますが、その分、冬休みが長くなる仕組みになっていました。三五日間というと結構長いものです。とくに私たちのように、自宅から遠く離れて生活していて、地域に友達のいないものにとってはなおのこと退屈な期間になりがちです。

私の場合、幸いにも、二つ下の弟がいたので退屈することなく夏休みを過ごすことができました。弟の宿題を手伝ってやったり、すぐそばの海水浴場に泳ぎに連れて行ってもらったりもしました。弟も私が家にいる時はできるだけ家にいてくれたようです。両親も、努めて私を地域の行事に参加させてくれました。

夏休みに入ってすぐのころは、地域の行事が盛んです。ソフトボール大会やキャンプなどほとんどの行事に連れて行ってくれました。また弟の友達四、五人と一緒にキャンプもしました。母に「あんたはやめておきなさい」と言われて、ふくれっ面をしていると、弟と弟の友達が必ず一緒に連れて行ってやると言ってくれて参加させてもらえました。

キャンプといっても知り合い数人でするのですから、場所も近くで、キャンプファイヤーなど大それたことはできません。飯ごう炊飯をやったり、花火をしたり、テントで寝るといったぐらいのことです。しかしそれでもいろいろな思い出ができるものです。

家からすぐそばの、海水浴場でキャンプをした時などは夜、寝ていると足の上を蟹が歩いて大騒ぎしたり、朝、起きてみると、潮が満ちて、テントのすぐそばまで水が押し寄せてきていて、朝食のための燃料にと集めておいた木材がプカプカ海に浮いていたりといったハプニングも楽しい思い出です。

このように、地域での行事に参加したり、弟の友達と一緒にキャンプに行ったりしているうちに、自然に私のことを知ってくれる人も多くなってきました。海水浴場で泳いでいたりすると、時どき「にいちゃん、帰ってきたと？」とか「浮き袋ば貸して」と声をかけてくれる人もいました。ほんの些細なことですが、こうやって地域で健常者から声をかけてもらえるということは私にとって、すごくうれしいことでした。また、このころから地域の普通校で健常者と一緒に勉強をしたり、遊んだりしてみたいという気持ちがさらに強くなってきたように思います。

※黄金の膝《ひざ》

養護学校にいたころ、一つ自慢できるものがありました。それは私の膝《ひざ》です。養護学校に移ってからも、私は歩行車を利用していました。はじめのうちは療育園での訓練や治療のおかげで、ちゃんとかかとをつけて歩いていたのですが、月日がたつにつれてだんだん足首が変形してきました。

まずかかとがつかなくなり、次第に足の甲の方で床を蹴って進むようになりました。ちょっと考えると痛そうですが、歩行車にぶら下がるようにして移動していたのでそれほどでもありませんでした。といっても実際は歩行車での移動ですら少し苦痛に感じていました。

それで寄宿舎では少し後ろめたい気持ちがあったのですが、外出用の車椅子に乗っていました。でも車椅子にも問題があって、食堂の狭いところには行けないし、操作も下手だったので、便利といえるようなものではありませんでした。

それで私が一番使う移動の手段は膝《ひざ》歩きでした。この膝歩きは小学校に入る前から、母が練習させてくれていたもので、療育園でもよくやっていました。でも療育園では、どこに行くにも、歩行車で行くことができたし、そんなにまだ苦痛に思っていなかったため、それほど長い時間膝歩きをするといったことはありませんでした。

ところが、養護学校では違います。まず、三度の食事の時間とおやつの時間です。入り口から自分の席まで、約一〇メートルです。また、学校の教室でも主な移動は膝歩き、体育も膝歩きで参加し、一日のたいていの時間は膝歩きをしていたと思います。さらに足首の変形が進むにつれて、歩行車で歩くのもつらくなり、つい膝歩きで行くようになっていました。

そのように膝歩きをすることで、ズボンの寿命がすごく短くなりました。以前もズボンの膝の部分にはよく穴をあけていたのですが、養護学校での場合とは雲泥《うんでい》の差です。ひどい時には一週間で膝の部分にぽっかりと穴が空いてしまいます。膝の所だけ破れるだけなので捨てるのはもったいないということで、寮母さんや母がいつも繕《つくろ》ってくれていました。

ところで、いつも私が膝歩きするところは畳や絨毯《じゅうたん》の上といった柔らかいところではなく、板ばりの堅い廊下の上です。ズボンが一週間で破れてしまうほど、激しく膝歩きするのですから、私の膝にも、当然悪い影響が及びます。はじめのうちは、膝のところの皮がめくれたり、膝の部分の骨がコツコツと床に当たって痛くなったりして、膝歩きがつらくなることがしょっちゅうでした。

ところが、人間の体とは良くできたもので、使えば使うだけその状況に順応していきます。私の膝もそうでした。痛い痛いと言いながらも、しかたなく膝歩きを続けていると、自然に、膝の部分に分厚い肉がついてきたのです。ちょうど普通の人のかかとのように、皮膚もあつくなり、少々のことは平気になりました。このことを知らない人たちが見て、膝が腫《は》れているとか、水が溜《た》まっているのではないかとか、よく言われましたが、そんな時は、決まって「これは僕のかかとで、肉なんです」と答えては驚かせていました。

時どき、担当の寮母さんから、廊下を膝で歩いて、そのまま畳に上がるのは汚いと怒られたりしましたが、この膝のおかげで、好きなスポーツも存分にできたし、日常生活にも事欠くことはありませんでした。私は、どんなに膝歩きをしても、びくともしなくなった膝を「黄金の膝」と言って、誇りに思っていました。もし、これほど膝が強くならなかったら、楽しい学生生活は送れなかったでしょう。

ところが、こんな人間離れした私の黄金の膝も、時どき調子が悪くなることがありました。二カ月に一度ぐらいだったと思いますが、ものすごく痛くなるのです。原因はやはり膝の使い過ぎでしょう。特に、冬の寒い時期に冷たい廊下を膝歩きすると、その持病が出やすかったようです。

はじめ、膝歩きをしていると膝の感覚がなくなったようになります。そして、そのままにしていると、膝の部分がチクチクと痛くなり、さらには激痛に変わります。この痛さはちょっとやそっとのものではありません。ズボンが膝に当たっただけでも、目から火が出るほど痛みました。そうなると膝歩きなんかできません。そんな時は、しかたなく歩行車で移動するか、四つんばいで移動するかしていました。

しかし、どんなに膝が痛い時でも、好きな体育は休んだことはありませんでした。膝に分厚いサポーターをつけて参加するのです。そうすると、プレー中はそんなに痛みは感じませんでした。

私のように膝歩きをするものは、みんなこのような持病を持っていたようです。大の病院嫌いの私は、先生たちには黙っていて、膝の件では一度も病院には行ったことがありませんでしたが、幸い、私の膝の持病は時がなおしてくれました。こういったことからも、誇れる「黄金の膝」だったのです。

※普通高校を受験する夢

何かにつけて、「ドテカボチャ！」という先生がおられました。授業中指名され、答えられなかったりすると、「こんなのもわからんとか！　このドテカボチャが！」というふうに。

その先生は数学の立谷《たちや》先生で、大学を卒業されてすぐにこの養護学校に赴任されました。私たちと出会う六、七年前のことです。ちょっとずんぐりした体つきですが、筋肉質でスポーツマンタイプの先生です。立谷先生は、ユーモアがあり、何をやるにしても一所懸命ということが感じられます。そのため、少々口が悪くてもみんなから好かれていました。

もちろん、私も立谷先生の大ファンの一人です。立谷先生に出会ったおかげで、現在の自分があるといっても過言ではないでしょう。というのも、先生のおかげで小学校のころから好きだった算数を、中学でもっと伸ばしてもらえ、また得意科目になったからです。

先生の授業は独特です。数学は言葉と同じだといい、プロポーズされた時は「I＞Y」というように書くと、「あなたは私にふさわしくない」という意味になるとか、おもしろいことを言ってみたり、「高校への数学」という月刊誌をいつも十数冊バンドで縛って引っ提げてきては、その中から適当な問題を出してくださいました。その本には全国の高校の入試問題が書いてあるのです。それでその問題ができると、「おまえ○△高校に入れるぞ」と必ず言ってくださるのです。

私たちの養護学校には高等部もあり、ほとんどの者は高等部に進めます。一応、入試はありますが、よほど悪い点をとらない限り、合格させてもらえます。そんなところですから、先生の「○△高校に入れるぞ」という言葉がおだてとはわかっていても、うれしくて必死に問題を解いたものです。

その立谷先生が二年生の時に私たちの担任になられました。その瞬間のことは今でも良く覚えています。始業式の担任の先生の発表の時、だれが自分たちの担任になるのかわくわくして聞いていました。立谷先生が担任になってくれたらいいのになぁと思っていました。まさにその時に、私たちの担任として、立谷先生の名前が呼ばれたのです。うれしいのとおかしいのとで、思いっきり吹き出してしまいました。

始業式という静かな場で、私一人吹き出したのですから、みんなの白い視線が集まり、恥ずかしい思いをしました。普通ならうれしい時もさらりと流せれば良いのですが、ものすごくうれしかったりすると、それをうまくコントロールできないのが私です。吹き出したのは本当にばつが悪かったのですが、それほどまでにうれしかったということです。

先生は私たちにいろんなことをやらせてくださいました。その一つがチャボを飼ったことです。近くの農林試験場からチャボを四羽買ってきて教室の前の中庭で飼っていました。餌は給食の残り物や、配合飼料。小屋も先生と一緒に作りました。チャボの糞はというと、畑の肥料にするのです。夏休みで餌をやれなくなり、先生が家に持って帰られたため、残念ながら卵を産むまでは飼えませんでしたが、楽しかったです。

また、もうひとつ思い出に残ってることに焼き芋《いも》があります。秋になると、学校の行事で芋掘りに行くのですが、そこで袋いっぱいに芋を詰めて帰って、教室に置いておき、学活の時間などに焼き芋大会をするのです。その焼き芋がいかにも養護学校らしく、ユニークな物でした。芋をまるのまま焼いたのでは、とても学活の時間内では焼き上がらず、食べられません。そこで、薄切りにして、網の上で焼くのです。

この網の代用品がユニークなのです。みんなで食べるのですから、それなりの大きさが必要です。そこで使ったのが古くて廃車になった車椅子の車輪なのです。車輪を火の上に水平にして乗せて、その上で焼くのです。寒い時に食べるこの焼き芋は最高でした。現在も、この焼き芋はうけつがれていると思います。

そんなある日、私にとって、第二の選択を迫られるできごとが起こりました。先生に、普通高校を受験してみないかと言われたのです。前々から普通校で健常者と一緒に勉強したりすることは心の奥深くで憧れていました。でも、こればかりはどうしても、どうもがいてもかなわぬ夢と、あきらめていましたから、一度も自分の口からはそのようなことは言いませんでした。

ところが、先生からそのようなことを言われたのですから、心の底からうれしかったです。そしてその日から、私なりの受験勉強をはじめました。もちろん、当時の得意科目は数学です。それと英語の二科目は自信がありました。五科目の参考書と問題集をさっそく買い込んで、毎晩十一時までやっていました。先生は舎監もやっておられて、夜の自習時間など見回ってきて、私が問題集などを開いていると、「おっ！　やってるな」と言ってよく激励してくださったものです。

この普通校を受験するということは、私の両親にも、すぐに話しました。当然のことながら、両親は普通校に行くことについては簡単には賛成してくれませんでした。

まず、第一に家の近くに私に合った高校がないということでした。私の住んでいる町には工業高校がありましたが、四肢に重度の障害がある私にとっては工業高校なんてとても無理です。普通科の高校というと、佐世保か、三十分ほど車でかかる佐々か、平戸まで行かなくてはいけません。しかも、越境入学は普通以上にむずかしかったようです。

それより何より、両親が反対したいちばんの原因は重度の障害を持った私が、果たして普通の学校で生活して行けるかということでした。食事もうまくとれないし、教室の移動も。それに大学進学率を争っている高校で果たして、授業中に言語障害のある私の質問を先生がいちいち聞いてくれるかということも問題でした。

私も、その一つひとつにはうなずけました。それでも、無理とはわかってはいても、一度持ち上がった普通高校受験はなかなかあきらめきれませんでした。両親も何とか私の希望をかなえてやりたいと、佐世保までなんども家を探しに行ってくれたようです。

もし普通校に行くとすれば佐世保がいいだろうし、そうなると今住んでいる鹿町町《しかまちちょう》から通うのはちょっと無理があり、学校の近くに家を借りるしかないということでした。「もし、佐世保に家を借りるとお父さんの通勤用の車を買うか、単身赴任の形になるやろう。そうなるとちょっと生活に無理がくるなぁ」などというような話をよくしました。そのような話を聞くたびに、無理だということもわかってくる反面、まだ普通高校受験のことも考えてくれているような気がして、わくわくしたものです。

三学期に入ると、担任の先生が転勤するという噂がたちはじめました。まさかと思いながら、先生にそのことをなんども聞いたのですが、いつも否定はされず、逆に「もうすぐおさらばだな」などと、お得意の冗談めいた口調で言われるのです。ですからみんな本当に立谷先生が転勤されるとは思っていませんでした。

ところが、いざ終業式になってみると、転勤される先生の中に入っておられました。やはりというか、まさかというか、なんともいえない複雑な気持ちでした。それよりなにより大好きな先生が転勤されることが悲しくて、必死で泣きたくなるのをこらえていたのを覚えています。

学校での終業式などの行事が終り、寄宿舎の自室にもどってボーっとしていると、先生が最後のお別れにわざわざ部屋まで来てくださいました。そして、中三になったら、模擬試験もぜひ受けて、普通高校の受験を頑張れといったことを私に言ってくださいました。私は、先生に飛びついて泣き出したくなるのを必死でこらえ、ただうなずくだけでした。そして、またそこで普通高校を受験するという決意を強くしたのです。

先生からは、記念にと、手作りの郷土のバラモン凧をいただき、いまもだいじに壁に飾ってあります。新学期になってすぐ先生からきたハガキには「楽しくてしかたがない」と書いてありました。どんなことにでも、熱心に取り組まれる先生が大学を卒業し、すぐ養護学校に赴任され、そしてやっと普通高校に転勤して行かれたのですから、楽しくてしかたがないという気持ちは痛いほどよくわかります。ちょっと嫉妬《しっと》感もありましたが、そのハガキを見て、私もうれしくなりました。

※母への手紙

中学校三年生の時、忘れられないできごとがあります。それは少年の主張の長崎県大会に出場したことです。国語の授業で書いた作文があれよあれよという間に十人の中に残ってしまい、何か信じられない気持ちでした。ところが、選ばれたのは良いものの、私には言語障害があるので、果たして出場させてもらえるかずいぶん心配しました。でも担任や国語の先生たちが教育委員会などを駆け回ってくださり、出場できることになったのです。

私の言葉は聞き取りにくいからということで、あらかじめタイプライターで原稿を打っておいて、発表する前に配ってもらい、それを見ていただきながら私の発表を聞いてもらいました。持ち時間五分のところを、私は三倍の十五分かかって発表しました。さすがに、ものすごく緊張して、昼飯がのどを通らなかったことを覚えています。

その発表の中で、普通高校に進学しようと思っていることや、多くの健常児の人たちとも友達になりたいと思っていることなどを自分なりに精いっぱい発表しました。思えばこれがはじめて同年代の健常者の人たちと席を同じくした体験でした。ですから普通校に行きたいという願望はこれによりさらに募ったように思います。

普通高校を受験するかどうかということについての結論がでたのは中学三年生の二学期のことです。それまで普通高校への進学を強く希望していた私の心が揺らぎました。両親は、私の希望通り、普通校になんとか行けるようにしようといろいろと考えてくれていました。それと同時に、母は私に何度も「高校は養護学校の高等部にしてくれないか」とも言っていました。母の心配している様子は面会に来てくれるたびに痛いようにわかりました。

それまで絶対に普通高校を受験したいと渋っていた私でしたが、母の心労が心配になって、養護学校に行くことにしようという気持ちにだんだんと傾いてきたのです。担任の先生も「勉強は別に普通高校に行かなくてもできる。本当に勉強をしようと思うなら、むしろここの方が良いかも知れない。わからないところがあれば、とことん、ここの先生に聞けばいいじゃないか。だれもそっぽは向かないよ」と諭《さと》してくださいました。勉強が目的で普通校に行きたいと言っていたのではないのですが、この先生の言葉で私の気持ちがだいぶ揺らいだのです。

そんなある日のこと、東京サミットを控えていた大平総理が急に亡くなられたというニュースが報じられました。原因は衆参両院の同時選挙や東京サミットなどによる心労のためだとか。この大平総理の死は、母に大きな心配を抱えさせている私にとって、人ごとだとは思えなくなりました。母も心労のため、あの大平総理のように倒れるのではないかと真剣に心配したものです。それほど、母の悩みが大きいように、当時の私には思えたのです。

こうなったら早く機会を見つけて養護学校の高等部に進むということを母に伝えなくてはと思っていた時でした。タイミングよくその機会が訪れたのです。国語の時間に家に手紙を書くことになったのです。それでこの機会だと思い、養護学校の高等部に行くということを手紙に記したのでした。どんなふうに書いたかということは忘れてしまいましたが、手紙の最後に、「大平総理のようになっては困りますからね」といったような、冗談めいた本心を書きました。

後日、母から「ほんまやで」とあっさりと笑って言われた時はホッとしました。こうして、私の普通高校への進学は終止符が打たれました。

※数学の個人添削を受ける

高等部に入学してまもなく私は数学の個人授業をしてもらうようになりました。中学二年の時の担任の先生が高等部の数学の田島先生に私のことを頼んでおいてくださったのです。私もそのことを知っていたので、高等部に行くことを楽しみにしていました。ところが、私が高等部に入学するのと入れ替わりに、田島先生は、小学部の主任になられて、高等部をあとにされたのでした。すごく残念でした。

高等部になってまもなく、私は風邪をひき、静養室で休んでいました。そこへ田島先生が来てくださいました。手には古い数学Iの教科書を持っておられました。先生は私が学校を休んでいたので、心配してきてくださったのです。私は先生が手にしておられる本が気になって仕方がありませんでした。しばらくして、先生は「明日からこれで勉強をして、そのノートを提出しなさい」と言われて、その教科書を置いて行かれました。

その数学の教科書は以前、先生が勤務されていた普通高校で使われていたもので、私たちが養護学校で使用している本よりも分厚くずっしりとしていました。その厚さから、自分たちが現在使っている商業コースの本とはまた別に普通高校で使っている教科書の存在を知り、それを使って勉強ができると思うとうれしくて、黙って寝ていられなくなりました。布団の中でさっそくその本の最初のページを開いてみました。

するとそこには白い紙が貼られていて、達筆な毛筆で、「努力、忍耐、それは君の偉大なる未来への一里塚である」と記されてありました。それはまぎれもなく先生の字で、私にあてたメッセージだったのです。私は、布団の中で長い時間そのページを見つめていました。そして、翌日から三年間にわたる先生の添削が始まったのです。

毎日の添削は苦ではなく、むしろ楽しいものでした。毎日、自分のペースで例の教科書を読み進み、問いをノートで解いて、そのノートを提出するのでした。登校時にかならず先生は職員室の前に立っておられたので、そこでノートを渡します。また、帰りがけにも、職員室の前で先生からノートを受け取るのです。帰ってまずそのノートを開きます。そこには毎回、丁寧にコメントが書いてあります。

添削を始めてもらってまもなく、「スマートな求め方をせよ」とか、「解き方がｎｏｇｏｏｄ」とかいうコメントが続いたことがあります。たしか、代入して式の値を求めるものだったと思います。私は、なんのことかわからず、答えは合っていたのでいいだろうと思って、力まかせのやり方で解き続けていました。あまりに、私が先生のコメントに従わずにいたものですから、「こんな解き方しとったら時間がいくらあっても足らんじゃないか！」と言って先生にこっぴどく叱られてしまいました。これが、私が先生に叱られた初めてのことです。

その後、先生はより丁寧にその悪かった部分を教えてくださいました。先生の解かれる方法だと、これまで私が力まかせに、複雑な計算をやっていたのとは雲泥の差で、すごく簡単に解けてしまいます。これがまた、数学の魅力となっていきました。

教科書の章が終るごとに、しばらく練習問題が続きます。毎日、二問か三問、先生がノートに書いてくださいます。それがまた、、教科書に載っている問題とは違い、一筋縄では解けません。毎晩、遅くまでかかって解いたものです。時には正規の宿題をそっちのけにして。

そのようにして提出した解答に対して、「very good」というコメントが返ってきた時には、とびあがるほどうれしかったものです。また逆に、どうしてもわからないものもありました。自習時間が終ってもわからず、布団の中で考えたことも。それでもわからない時は気分がすぐれません。そのページにはでかでかと「give up」と書いて提出するのでした。

夏休みや冬休みの宿題もばっちりありました。ノートの一ページに一問丁寧に手書きで問題を書いてくださり、それが三〇問ありました。一日に一問やれということです。夏休みは、参考書も使いながら連日のようにそれらの問題に取り組みました。

※校長先生に引き継がれた添削

高校二年の二学期の中ごろ、先生から急に、「以後は校長先生から添削を受けろ」と言われました。以前から、何度かそのようなことを匂わす話はあったのですが、正式に言われたのはこの時が初めてでした。

私はせっかく一年半、毎日、見てもらってきたのですから、これからもという気持ちを先生に伝えました。でも、この時の先生の意志は堅く、結局校長先生につづきの添削をやっていただくことになりました。小学部の主事である先生が、高等部の私の添削をしてるということで他の高等部の先生の手前、気にしておられたのかも知れません。

当時の校長先生は私たちが高等部に入学した年に、はじめて校長となって赴任してこられました。それまでは普通高校の教頭で、放課後など自ら数学の補習をされていたそうです。養護学校でも一度、ロングホームルームの時間に高等部の生徒全員を談話室に集めて関数についての講義をされたことがあります。自動販売機を例にしておもしろくてわかりやすい講義でした。また校長先生は時間があればよく学校や寄宿舎をまわられて、私たち生徒といろいろな話をしてくださいました。ですからすごく親しみやすい先生でした。

添削はこれまでと同様、毎日が校長先生とのノートの交換でした。毎朝、校長室の前の廊下に立っておられ、登校してくる生徒一人一人に声をかけられます。そこで私はノートを渡して行くのです。そして、下校の途中に、校長室に立ち寄り、ノートをもらって帰ります。

この校長室に入るのがすごく勇気のいることです。校長室の前でうろうろもじもじして入るのをためらっていると、そこを通る先生方から白い目で見られるし、やっと校長室に入って、校長先生から指導を受けているところに、他の先生が入ってこられて「校長室で…」と驚いた顔をされたりといろいろありました。

でも、そうやって校長先生から添削をしていただいていることに、誇りというか大きな喜びを感じていました。校長先生の添削はさすがにわかりやすく、私のいちばん苦手だった漸化式《ぜんか》も何とか理解することができました。校長先生はその年、普通高校の校長として転勤されました。それまで毎日添削をしていただき、いろんな相談にものっていただいていただけに、校長先生の転勤は大きなショックでした。

その後はいつも授業を受けている高等部の数学の先生が私の添削を引き継いでくださいました。このようにして、私の高校の三年間は三人の先生から授業とは別に、みっちりと数学の指導を個人授業のようにしてやってもらいました。そのおかげで最終的には数Ⅲの教科書の「積分」の途中まですすむことができました。もし、あの時、普通高校を受験していたらおそらくここまではできなかったと思います。

数学は自分のペースで本当にじっくりやることができました。わからない部分は何度も聞くことができたし、先生方もわかるまで教えてくださいました。おかげで数学だけは、普通高校に行ってもついていけるだけの力はついていたと思います。私の二つ下の弟にも数学だけは教えてあげられたし、数学の話にもついていけました。当時の私にとって、数学は、唯一、普通高校の生徒には負けないものとして私の心の拠《よ》り所というか、支えであったように思います。きっとまだ心のどこかに普通高校への未練があったのかも知れません。

※ゴロ野球と囲碁

どこの養護学校にも独自のスポーツのルールがあるものです。それぞれスポーツに参加する者の障害に合わせて、先生が考案したり、あるいは自分たちで即席に決めたルールがそのまま残ったりします。

私の学校にも、そのような球技がいくつかありました。当時、寄宿舎でよくやっていたのがゴロ野球というものです。これは、やる部屋によってルールが違います。

人数は普通一チームに二人から三人で、ピッチャーとキャッチャーだけです。守備範囲が畳一枚分の長さなので、一人で十分なわけです。場合によってはピッチャーの左側にくっつくようにして、ファーストが配置されます。ピッチャーはキャッチャーに向けてゴロで投球します。キャッチャーの前には下敷きが置いてあり、それがストライクゾーンで、その上を少しでもボールが通るとストライクということになります。バッターはそのボールを素手で打つのですが、これがまたむずかしく、畳の横には中廊下があり、そこに落ちれば即アウトとなります。ですから、一般によく言われるセンター返しだけがヒットの条件になるのです。しかし、せっかく打ったのもピッチャーやファーストに取られるとアウトになるので、ヒットを打つのは並大抵のことではありません。

ヒットを打った後は、部屋が狭いため、透明ランナーという決まりに乗っ取って、進められます。これはいわば架空《かくう》のランナーということで、ヒットごとに進塁するわけです。つまりシングルヒット４本で1点入るというしくみなわけです。また、ホームランや二塁打、三塁打というものもあります。これは、打ったボールの壁に当たった位置の高さによって決められています。当然、一番上がホームランというわけです。

当時、このゴロ野球を数人の仲間でほぼ毎日のようにやっていました。私は、そこでいつもピッチャーをつとめさせてもらっていました。投球はゴロなので、アンダースローです。膝立ちの状態から上半身を前に倒し、投球します。最初のうちは下手投げがどうも苦手で、ボールをなかなかうまく離すことができず、ボークになることもたびたびでした。

でも、何回もやってるうちに、さまになっていったつもりです。

狭い部屋で全力投球するため、思いっきりふりかぶると、後ろのふすまのところで思いっきり手を打ったり、打球が蛍光灯に当たったりでヒヤッとする場面も数多くありました。それでも、こればかりはやめることはできませんでした。

このゴロ野球の仲間のほとんどは歩くことができず、這ったり膝で歩いたりしているものばかりでした。中には補装具をつけてる者もいました。ゴロ野球といっても、投球の時やバッティングの時には、それなりに結構激しい動きを伴います。また、チェンジの時にも、ゴソゴソと所定の場所に動いていきます。

それでひとつ問題が起こりました。それは畳です。そのようなことを毎日やってるといやがおうでも畳が痛みます。実際、私たちが野球をやっていた部屋の畳は特に消耗が激しく、ゴロ野球をやったあとの者のズボンには畳のくずがいっぱいついていました。それでも私たちの部屋の寮母さんは「こんなにメンバーが集まるのはすばらしいこと。どんどんやりなさい」と大きな心で見ていてくださいました。

囲碁の方は、高等部の男の先生方がほとんどが囲碁をされていたため、それに影響されて一年の時始めたのです。

私の場合、碁石をうまく置くことができないため、相手の先生に置いてもらっていました。囲碁には定石というものがあり、だいたい打つべき所は決まっています。ですから囲碁を始めてまだあまり定石を知らない時などは、曖昧なところを指さして、「ここ」と先生に言うのです。すると先生が適当なところを指さして「ここ?」っと聞き返してくださり、私がうなずいて置くというインチキじみたやり方をやってました。でも私にとってはそうやることで良い定石の勉強になりました。時どき私が思ってるところと全然違う場所を指さされて、つい考え込み「適当に言うな!」と怒られたこともありました。

私より二年下にも、囲碁仲間が一人いて、彼と囲碁をする時も私の石を彼に置いてもらっていました。彼はまだ未熟だったため、対局は容赦なくやっていましたし、よく見え見えの戦法もやってました。

ところがその罠に彼がまんまと引っかかろうとした時、私はうれしさで緊張が強くなり、呼吸も荒くなり、「ここ」っという指図する声が自然と大きくなってしまいます。しかも悪いことに、彼がその見え見えの戦法に気づかないうちに早く私の石を置いてもらおうと焦るため、つい彼が石から手を離す前に「ここ!」っという声が出てしまうのです。平常通りの声で言ったのなら、彼も気づかないのでしょうが…。

その私の異変で彼が私の策略に気づき、置きかけた石を再度持ち上げて、考え直すのです。そのたびに「まったなし!」っと私は言うのですが、置いてしまってないため認めざるを得ないのです。そんな時は本当に悔しいものです。もちろん正当法で行かない私も悪いのですが…。

彼は私の卒業後めきめき実力を上げ、先生方をも負かす腕前になったそうです。反面私は弱いまま卒業を迎えたのですが、高校時代、囲碁を覚えておいたおかげで卒業後、自宅に帰って近所の人との交流の一つのきっかけになりました。

※初恋

私は障害も重い方で、顔もいい方ではありません。何かに熱中すると、私たちの俗にいう顔面緊張が起こってしまいます。

ところが、こういう私にも高校時代、浮いた噂（？）が流れました。その相手は足だけがちょっと悪く、松葉杖をついている小学校一年生からの同級生でした。顔もなかなかの美人で、ちょっと気が強いところがあるのですが、さりげない優しさを持っており、養護学校では誰もが憧れるマドンナ的存在でした。彼女とは小学生の時から一緒だったので気心も知れ、いろいろな行事などでよく協力しあっていたものです。彼女も寄宿舎に入っていたため、寄宿舎でのクリスマス会などで演劇の演出をしたりして…。

またそれらの活動以外にもいろいろとつきあいはしていました。もちろん、清く正しい交際です。漫画を見せてもらったり、ご飯が多いからといって私の茶碗（正確には皿ですが）に自分のご飯を入れてくれたり…。そういうことで噂になったのでしょう。

その噂というのも生徒の間だけでなく、先生たちからもされていました。時には直《じか》に訓練の時に先生たちから冷やかされたり…。彼女にとっては迷惑な話だったかも知れませんが、私はいつのころからか意識していたため、正直言って悪い気はしませんでした。

私のこの彼女への気持ちは卒業が近づくにつれて強くなっていきました。でもそういう気持ちは一度も表面に出したことはありませんでした。ただ一度、高三の時に寄宿舎で文集を作る機会があり、それに彼女への気持ちを綴った詩を「Ｍｒ．Ｍａｔｈｅｍａｔｉｃｓ」というペンネームで三つ載せたことがあります。誰が書いたのかと噂になり、ペンネームから私が疑われました。私はもう一つ、カムフラージュのために本名で詩を載せていましたので、「俺がそんな詩を書くはずがないだろう」と、ごまかし通していました。

ところが「誰のことを書いたのかすぐわかった」と彼女が言ってきたのです。私は焦りました。そして続いて出てきた言葉が「Ｍちゃんのことやろう」でした。Ｍちゃんというのは小学六年の時、私が好きになった側わん症で入園していた女の子のことです。その時は安心した反面、残念な気持ちで苦笑していました。

これが私の高校時代の浮いた話です。その後、卒業式の前日まで、卒業するまでには自分の気持ちを伝えようと思っていたのですが、ついに告白することはできませんでした。

そういえばあのころ「結婚せん（結婚しない）」という合い言葉のようなものがありました。高校時代というと、私たちも将来についていろいろと考えます。一応、みんな結婚についても憧れは持っていたでしょう。でも、将来結婚して…といった話はそれほど聞いたことはありませんでした。みんな自分の胸にしまっていたのだと思います。

※共通一次試験への関門

高校三年生というと、進路決定の年です。三年生になったとたん、急に進路についての相談などが増えます。この進路についての時間は障害が軽い人はどんどん自分の行きたい就職先を言って、相談が進められて行くのですが、障害の重い私にはそういったところもなくて憂鬱《ゆううつ》なものでした。

小学生のころは小説家になりたいとか、学校の先生になりたいとかいう夢を持っていたのですが、いざ進路決定の時期を迎えてみると、何も自分にできるような職業がないという現実がそこにありました。プリントなどが配られて自分のできる仕事という欄には「なし」と書くのもあまりに惨めなように思いましたので、考えに考えたあげく、「クリーニング」と書いたこともありました。もしかしたら作業の内容によっては自分にできるかもしれないというわずかな可能性を見つけて書いたわけで、「できます」と胸を張って言えるものではありません。それに贅沢《ぜいたく》かと思われるかも知れませんが、やりたいとは思ってもいませんでした。

実は高校三年になった時、共通一次試験を受けようとしたことがあります。中学三年の時、普通高校進学をやめた時から、大学にはなんとしても行きたいと心に決めていました。大学に行っていろんな人と友達になりたいと…。

当時考えていたのは、京都の仏教大学の通信教育を受講するということでした。そこには私の先輩も行っており、障害者にも広く門を開いていると聞いていたからです。夏には約二週間のスクーリングというものがあるということも聞いており、それも魅力の一つでした。二週間も大学で過ごせるならいろんな出会いもできると思いました。

もうほとんど、卒業後はその仏教大学の通信教育を受けるものと決めていた時、以前まで私の数学の添削をしてくださっていた先生との話の中で共通一次という言葉が出ました。高校二年の時です。私はみんながやることは自分もやりたいという性格ですから、その時も受けてみたいと思わず言ってしまいました。でも、普通の大学に行くということはちょっと無理なようですから、共通一次を受けるだけでいいと言いました。

受験願書を書き、提出して、みんなと同じ時間に答案用紙に向かう時の、身震いするような緊張感を味わいたかったのです。数学の添削をしてくださった先生は私の言うことを前向きに考えてくださいました。そのことはすぐに、当時数学の添削をしてくださってい た校長先生の耳にも入り、うれしいことに校長先生も賛成してくださいました。

私は両親にこのことをさっそく話しました。今度は共通一次を受けるだけということなので、高校進学の時と違い両親も賛成してくれました。ところが、現実はそう甘いものではありませんでした。

私が共通一次の受験勉強をしているころ、先生たちはいろいろと障害者が共通一次を受ける場合のことについて調べてくださっていました。そして二年の終わりのころに、一つ重大なことが判明したのです。それは、障害者が共通一次を受けるという場合、合格した時に入学を許可してくれる大学があるということが必要だということです。つまり障害者が共通一次を受ける場合、単なる〝腕試し〟ではいけないのです。

※受け入れ大学をさがす

ところがその年度の終了式の後、私の共通一次受験に大きな変化がありました。前にも書きましたが、それまで数学の添削をしてくださっていた校長先生が普通高に転勤されるということで、私と母はお礼に校長室に行きました。その場で持ち上がった話が〝大学の受験〟だったのです。

共通一次は私たち障害者が受験する場合、合格した時に受け入れるという大学側の承認が必要ということでした。そうすると、共通一次を受けるためにはもう大学を受験するように話を進めるよりほかないという結論でした。私は思いもよらない話のなりゆきに驚きながらも内心はわくわくしていました。私の母はというと、最初の「共通一次を受験するだけ」という話から大きく変わり、ちょっと困った様子で「そこまでしなくても、ただ共通一次を受けるだけでいいのに」という意見でした。

さて、大学はというと、私の家から車で四〇分ぐらいのところに国際経済大学という県立の大学がありました。そこなら母も送り迎えができるということで、その場は私と校長先生二人に押し切られた形で、とりあえず新学期になったらその大学に面接に行ってみるということで決まりました。

さて、次の問題は大学での生活のことです。面接に行くことが決まると、先生たちから、階段はどうするんだとか、教室の移動はどうするんだと聞かれました。実際、それが一番の問題で、面接でもそこを聞かれるだろうと思っていました。私もなんとしてもこうなった以上、その大学に行きたいと思っていましたから、そう聞かれた時の返答も一応、考えていました。それは、膝歩きです。「どうしても車椅子でにっちもさっちも行かなくなった時は、膝歩きで移動します」と。「黄金の膝」のところでも書いたように当時の私の膝はすごく発達していて、膝歩きでなら砂利道以外はどこでも行けるという自信がありました。

ところが、母にこのことを話すと、いい青年が多くの学生の中で膝歩きで移動するなんて格好も余りいいものとはいえないし、ズボンも汚れて、みんなからいやな顔をされるだろうから、移動などは母が手伝ってくれると言ってくれました。最初のうちは私は自分の意見を主張していたのですが、そういう母の協力を有り難く受けることにしました。

※大学での面接

面接の日、朝から滅多に着ない学生服を着て、登校しました。私の場合、学生服のボタンやベルトを自分でできないため、学校から許可をもらって登校する時は体操服で過ごしていました。ですから卒業式や何か行事でもない限り、着ない学生服を着ると、いつもと違って何かピンと気持ちが引き締まります。

大学には担任の先生の車で行くことになっていました。学校の玄関に行ってみると、そこには数学の添削をしてくださった先生が待っていてくださいました。出発の時間も多分ご存じなかったのではと思うと、感激しました。また新しく赴任してこられた校長先生からも見送ってもらいました。私の面接についていろんな先生が気にかけてくださってるんだと思うと、うれしさがこみ上げるとともに、何か責任感のようなものも感じました。

大学への所用時間は約二時間です。大学が近づくにつれて、だんだんと不安感がわいてきました。そしてその不安感はカレーの匂いと、学生たちの声を聞いた時、頂点に達したように思います。ちょうど、大学についた時は昼休みの時間でした。先生とキャンパスをちょっとまわってみることにしました。学食の横で先生が車を止めてくださいました。中からはカレーのいい匂いが漂ってきます。それと一緒に、食器をあわただしく片づける音や、学生たちが楽しく話している声も聞こえてきました。

私が共通一次を受けたいと思ったのは健常者との交わりを求めていたからです。学食からの楽しそうな話声を聞きながら、自分ももしここに入学できたら、あのような仲間に入ることがはたしてできるだろうか？　そんなことを自然と考えていました。するとなんだか急に不安になってきたのです。車椅子で食事もうまくできない私がはたして健常者の中に入って、あのようにワイワイ話せるくらい親しくなれるかと思うと、このまま帰りたいという気持ちになりました。

その不安な気持ちのまま、駐車場に戻りました。しばらくすると、母が来ました。そして、いよいよ面接場所に向かうのでした。

私の面接には三人の大学の職員の方が立ち会われました。そこで問題になったのはやはり教室移動の件でした。ここの大学にはエレベーターがないため、図書館で講義がある場合はどうするかとか、休み時間一〇分間の間での移動は可能かということでした。しかし、この点については母が手伝ってくれると言っていましたし、大学にもボランティアで手伝ってくれる学生がいるかも知れないということで、この問題は何とかクリアできたようです。

次に、もう一つ問題がありました。それは体育の実技と英語のLLの単位がやれないかも知れないということです。体育に関しては一年前、私の養護学校の先輩がこの大学を卒業していて、何とかなるかも知れないという希望があったのですが、英語のＬＬに関しては、大学の先生方も相当頭を悩ませておられたようです。私には言語障害があり、日本語でもちゃんと通じないのに、まして英語となるとなおのことです。ですから、発音を重要視するＬＬでは、この言語障害が高い壁となったわけです。

結局、その日は結論が出ず、体育とＬＬについて担当の教授と相談してみるということになりました。面接の後、大学内を案内してもらいました。養護学校ばかりの私にとって、階段状になっている大教室の広かったことが一番印象に残りました。

帰りの車の中で、ＬＬの件がどうも頭から離れませんでした。言語障害があるから発音がよくない、だから単位はむずかしい…。ということはよくわかるのですが、ちょっと見方を変えると、アメリカ人の障害者は言語障害があっても、英語を話しているわけで、そうすると私の場合も言語障害があるなりにしゃべればいいのではないのかと…。別に俳優になるわけでもないのですから。こんなことを、ずっと考えながら帰りました。

※夢に終わった大学受験

その日、結論がでなかったということで、私の胸には、もしかしたら行けるかも知れないという希望がふくらんでいました。

それからまた私の受験勉強が始まりました。大学に入学できるかも知れないという希望も持てたということもあって、それまで以上に力が入ったことはいうまでもありません。七冊ほど、共通一次のための『傾向と対策』という本も注文しました。

学校の多くの先生方も私の受験のために協力してくださいました。特に英語の先生は放課後、毎日のように私の部屋にきてくださって英語の補習授業のようなことをやってくださいました。また、普通高校に転勤された校長先生も、養護学校の近くから通っておられる先生に頼んで、その学校で行なわれた模擬試験の問題などを持ってきてくださったりもしました。正直言って、その模擬試験の結果は、数学を除いて他の科目は情けないほど悲惨なものでした。でも大勢の受験生たちと肩を並べて答案用紙に向かっている自分を想像しながら、それをものすごく楽しみに勉強していました。そうやって大学の受験勉強をやっているということは、進路で行けるところがないと悲しい思いをしていた私にとって、胸を張って言えることだったのです。

大学の方から連絡があったのは七月に入ってからだったと思います。ちょうど風邪をひいて自宅療養から寄宿舎に戻って来た日のことでした。先生に呼ばれて話を聞いてみると、大学の方から二、三人見で丁寧に断りに来られたということでした。理由はやはり体育と英語のＬＬの単位が与えられないということでした。それまでもしもダメだったらということも考えて、覚悟はしていたのですが、その時のショックは大きいものでした。何か力が抜けたようで数日間は、何もする気にもなりませんでした。

その日、寄宿舎の自分の部屋に帰ってみると、皮肉にも注文しておいた『傾向と対策』という本がドサっと置いてありました。こういうタイミングというのは結構重なるものだなあとつくづく思いました。そしてそのせっかく買った問題集は一度も開きませんでした。こうして私の共通一次受験も夢に終わったわけです。でも後々になって、それは私にとって良かったと思っています。

※コンピュータへの道

共通一次が駄目になってからは、京都の仏教大学の通信教育を受講するということに進路をほぼ決定していたものの、周囲の仲間たちが就職先を決めていく過程を見ていると、やはりうらやましいものでした。

そんなある日、簿記の時間に担当の先生から私の進路について聞かれました。簿記の先生は私たちとよく囲碁をやってくださっていた先生で、私は、「自宅で大学の通信教育を受けます」と答えました。するとそれに対して、「進路決定を四年間先に延ばしたわけたい」という全然予期していなかった返事が返ってきたのです。この時はなんともいいようのない気持ちになりました。四年先にまたこういう岐路に立った時、果たして行くべき所があるのだろうか…、もちろん、それ以前からもこのことは考えていたのですが、こうズバリと言われると、時期が時期だけに落ち込みました。

そんなある簿記の時間のことです。私は以前から電卓を触るのが好きでした。授業が退屈な時や電卓を使う授業の休み時間などよく電卓で遊んでました。どうやって遊ぶかというと、複雑な計算をいかにして、クリアキーを押さずにできるかやってみるのです。

メモリーキーなども駆使しながら。その時も電卓を叩いていたのです。するとちょうどその所を、先生に見つかってしまいました。先生は私に「自分もそのようなことをするのが好きだ」と言われました。そこからちょっとした会話が始まり、それからコンピュータの話へと発展しました。そういうふうに、計算の順序を考えるのがプログラミングだということを説明してくださったのです。

この時、初めてコンピュータという言葉が私の脳裏に付着しました。それからというもの、コンピュータのことをよく考えました。そういう計算の順序を考えるのは大好きですし、キーボードを打つことぐらいなら私にもできそうで、そうするとプログラミングの仕事なら私にもできるかも知れないと真剣に思い始めました。

コンピュータを意識しだすと、不思議とそれに関しての情報がよく入ってきます。東京には東京コロニーやチャリティープレート等といったコンピュータを教える施設があるとか、今はまだプログラマーが少ないとか…。そして、考えました。もし、今、私がコンピュータを身につけたら、もしかして一般企業への就職も可能かも知れないと…。

これまで、高校、大学と、ずっと健常者と一緒にやりたいと思ってきた私ですから、もちろん、一般企業への就職は強い夢でした。「強い希望」というほど可能性があると思っていませんでしたから「強い夢」なのです。そう考えると、大学の通信教育を後回しにして、先に、コンピュータをマスターしたいと思い出しました。そう考えると、いてもたってもいられなくなり、さっそく進路指導室に行きました。これが私が進路指導室に行った、最初で最後のことだったと思います。

進路指導担当の先生に、自分で調べた情報を持ち、東京に行ってコンピュータを勉強したいということを話しました。でも、私の障害が重いのが理由だったのでしょう。先生はあまりいい顔をされず、「もう一度よく考えてこい」とのことでした。

もちろん、家にも電話をして両親にもそのことを相談しました。大学の方を一年先に延ばして、まずコンピュータの勉強をさせてほしいと…。しかし、両親はやはり通信教育を先にやった方がいいと言いました。一年間のブランクがあるとそれだけ高校で勉強したことを忘れるから、受講するなら先が良いとのことでした。コンピュータの勉強は、まだコンピュータもどんどん新しくなってる時だから、四年先でも遅くはないと説得されました。

当時、コンピュータはようやく出始めたころで、養護学校にももちろんなくて、両親もどんなものか全然知らないような状態でした。そんな海の物とも山の物とも知れないもののために、東京なんかにやらせるということは親として考えられなかったのでしょう。当時、私も大学の通信教育はぜひとも受講したいと思っていましたから、この件に関しては両親の言うとおり、先に通信教育を受講することにしました。

両親がこのように通信教育の受講の方を先にするように勧めてくれたのにはもう一つ理由がありました。就職など考えられない私に通信教育を卒業したあとコンピュータの勉強をすることで、ずっと打ち込めるものを確保しておこうと、考えてくれていたのでした。卒業したあと、何もすることがなく、さみしい思いをさせたくない、そしてなるべく長く何かに燃えていられるようにと考えてくれていたのでした。

私が、通信教育を受講しようと思っていた理由は何度も書きましたが、健常者の中で同じように勉強をしたいということでした。さらにもう一つ、当時の私は家庭での生活に憧れていました。小学一年から十二年間、療育園と寄宿舎で生活をしていましたので、高校を卒業したら施設には行かずに、自分の家に帰りたいということを両親には話していました。両親もそのことについては賛成してくれていましたので、自宅でできる通信教育になったわけです。

通信教育を受講するということが決まった私ですが、そのあとどうするかということも頭から離れませんでした。それで当時、誰にも話したことはないのですが、一人で結構真剣に考えて胸をドキドキさせていたことがあります。それは塾のようなことをやるということです。数学ならお陰様で人に教えられるぐらいの自信がありました。それで、近所の中学生に教えてあげられたら…と思っていたのです。

その時に、問題になるのは私の言語障害です。ですから最初はとりあえず、どんどん話をして私の言葉に慣れてもらえばいいと考えていました。そして丁寧に教えてあげることで信頼してもらえれば、もしかしたら仕事になるかもしれないとも思いました。近所に知り合いができることにも期待をしていたのです。このようなことを一人で思い浮かべては、にんまり笑っていました。残念ながらこの時の計画は一度も実現されませんでした。

※自分で下した手術の決断

高校を卒業する前に一つ、大きな決心をしたことがあります。自分でいうのも恥ずかしいのですが、私は非常に怖がりです。病院は嫌いだし、特に注射は絶対にいやです。こういう私が高校三年の二学期、あることに心が動きました。私の小学校からの同級生がある日、療育園に診察に行ってきました。そこで足の三箇所を手術しないかと誘われたと、真剣に話してきたのです。

彼も私と同様非常に怖がりで、絶対に手術なんかしないという結論になりました。ところが私はなぜか、その時に心が動いたのです。それまでは「手術なんてもってのほか」と思い、診察に行った時も、自分で足が非常に変形してるのを自覚していましたから、手術しようと言われないかとびくびくしていました。ところが、同級生の話を聞いて、もしかしたら私も手術したらいいかも知れないと思ったのです。

自分のこれまでを振り返ってみると、正直言って、自分なりにまじめに訓練はやってきたつもりですが、死にものぐるいで訓練をしたということはありませんでした。そうかといって、今、死にものぐるいでやろうと思っても、足はただ立っていることもつらいほど変形しているので、やる気にはなりません。それで、もし、手術をしてもらって足のかかとがちゃんと地面につくようになったら、今度こそ自分が歩くために、訓練時間は関係なく一日中でも訓練をしようと、強く思いました。しかしこの時点では手術をするという決心はまだ私の胸の中だけのものでした。

手術をしようということを実際行動に移したのは高校三年生の三学期でした。正直言って怖がりの私ですから、そこにいたるまでには本当に悩みました。

三学期に入ってすぐ、私は卒業後受講する仏教大学に入学願書を請求する手紙を書きました。私のこれから行こうとする大学ですから、あえて直筆で便箋《びんせん》に「貴大学の通信教育を受講したいと思っています。…」とかいうことを書いたと思います。その字を読んでくださったら大丈夫だろうと思いました。さいわい、それから二週間ぐらいして願書など一式が送られてきました。その一式の中に健康診断書が入っていました。私はそれを見た時、その健康診断は以前お世話になっていた整肢療育園でやってもらおうと思いました。そして、その時に足の相談もしようと考えたわけです。

それからまもなく、担当の寮母さんに引率されて療育園に行きました。

名前を呼ばれ、診察室に入ると、幸運にもその時の先生は私が小学校の時にお世話になった先生で、ぜひ診ていただきたいと思っていた川口先生だったのです。

川口先生は最初、私の変形した足を診てくださったのですが、そのことには触れられず、「元気そうだね」と声をかけてくださいました。私は手術のことを相談するつもりだったのですが、その一方で先生から手術しようという言葉が出てきはしないかとドキドキしていました。もし、先生から先に持ち出されていたら反射的に渋っていたかもしれません。よくはわかりませんが、それだけ手術に対する恐怖心を持っていたのは確かです。

しかし、先生はいっこうに足についての話を持ち出されないので、こちらから聞いてみることにしました。なんと言って切り出したかは覚えていませんが、足が変形しているということを言ったと思います。川口先生もそれを認められたので、私は恐る恐る「もし、手術をしたら歩けるようになりますか？」と大胆にも聞いてしまいました。

それに対して先生はあっさりと「足がちゃんとつくようになれば立つのが楽になる。歩けるかどうかは君の努力しだい」ということを言われたのです。「努力しだい」という言葉を聞いて、私はもう一度挑戦してみようと強く心に思いました。そしてすぐに手術をしていただくように口約束をしてしまいました。手術の予定日も、夏のスクーリングが終わってからということにしてもらいました。

さて、それからがまた大変でした。まず、両親に手術をしたいということを話したのです。予想通り、反対されました。手術をして悪くなったというケースはよく聞くけれど、よくなったということは余り聞いたことがないとか、これ以上ひどくなったらどうするのかとか言って…。

そのころ、帰省した時、車から降りて家の玄関に着くまでの間も歩くことができず、父や母に背負ってもらっていました。でも年々私の体重は重くなるし、逆に両親は年をとっていきます。母は私を背負ったりしてくれる時もかなりきつそうでした。この先どうなるかという大きな不安が両親にあったのは間違いありません。ただでさえ不安に思っているのに、悪くなったというケースばかり耳にしている手術を受けて、もしこれ以上私が動けなくなったらと考えると、反対せざるを得なかった両親の気持ちはよくわかります。また養護学校で数学を見てくださった先生からも同じように反対されました。

しかし私の決心は揺らぎませんでした。悪くなるために手術をするのではなく、よくなるために手術をすると言ってるのに…。こう思うとかえって、もう意地でも手術をして歩けるようになってやるという気持ちになったのです。手術は大学に入ってからすることになるのですが、猛反対は手術直前まで続いたのでした。

※涙、涙の卒業式

こうして十二年間の諫早での養護学校の生活が終わりを迎えました。

卒業式の前夜は消灯時間はあってないようなものでした。これまで一緒に生活してきた仲間とその翌日にはもう別れなければならないということで、その夜は遅くまで電気を煌々《こうこう》とつけて思い出話をするのです。寮母さんに頼んで談話室を解放してもらい、同級生全員が集まって遅くまで語り合いました。

やっぱり話題になるのはみんなで一緒になって苦労してやったいろいろな行事、運動会や文化祭、球技会などの話です。みんなで協力してやったことはすばらしい思い出だとつくづく思いました。もし三年前に普通高校を受験して運よく合格して、入学していたら、こんな思い出はおそらくなかったでしょう。この時の気持ちを、依頼された新聞の原稿に書きました。それを読んだ両親もそれまでは無理にでも普通校にやるべきだったのかと迷っていたそうですが、やっと安心したそうです。

卒業の日は正直言ってなるべくならこないで欲しいと思っていました。卒業が近くなるにつれて、現在の友達と別れるということがつらくてなりませんでした。

卒業後、私の場合は自宅に帰るわけですが、自宅の近所には、誰一人として友達はいません。弟も高校の寮に入っていましたし、そういう所へ、これまで友達とワイワイ言っているのが好きだった者が帰るわけですから、そのつらさはいっそうでした。

卒業式の日は一日中その悲しさ、つらさを我慢しているという状態で、ちょっとした言葉でも涙がこぼれそうでした。ですから卒業式での校歌も、蛍の光も歌えたものじゃありません。ある程度は覚悟していたのですが、まさかこれほどまでとは思いませんでした。

式が終わって女生徒の顔を見ると、泣いている者もいます。そういう顔を見ると、私もつられて泣き出しそうになるのですが、そこはなんとかグッと堪えることができました。式の後、教室に戻り、担任の先生と最後のホームルームがあったのですが、その時も涙を堪えているのが精いっぱいで、何を話されたのかよく覚えていません。

卒業式の日のクライマックスはなんといっても、卒業生のお見送りです。私はこのクライマックスのお見送りが一番嫌いでした。お見送りは昼食後行なわれます。在校生も玄関前から食堂の方へ向かう廊下の両側に並んで卒業生を待っています。その間を卒業生が玄関に向かって進んで行くのです。その途中、在校生や先生方から握手を求められたり、また激励の言葉をかけられたりします。この時はさすがに卒業生も在校生も泣いてしまいます。バックに流れるＢＧＭも涙を誘う要因の一つです。このＢＧＭにはよく「贈る言葉」が使われましたが、私たちの時はラッキーなことに、私の好きな柏原芳恵ちゃんの「春なのに」が流れていました。

行進の前はちょっと強がりを見せて、笑ったりしていたのですが、行進が始まり、在校生の列の中に差しかかって在校生の涙ぐんでいる顔や、先生方の涙ぐんでいる顔が目に入ると、怒涛のごとく悲しみがこみ上げてきて、とうとう声をあげて泣いてしまいました。こうなったら最悪です。ずっと以前から一度泣いてしまうと、なかなか泣きやむことができないのが私の欠点です。先生たちからかけられる言葉に何か返答をしたいとは思うのですが、全然できずにうなずくだけでした。

それがおさまったのはお見送りがすんで自分の部屋に戻ってからでした。お見送りの後、また自分の部屋に戻るというのはちょっとおかしな話ですが、それまでの所帯道具を全部運び出さなければならないということもあって、仕方がないのです。そして本当に、寄宿舎を去る時は車であっさりと出て行くのがこれまでの常となっていました。

でも、私は本当の最後はやはりじっくり噛みしめて、校門を出たいと思い、仲のよかった中学三年生の後輩と校門を出るまで歩いて行こうと約束していました。頭の中で「贈る言葉」の「遠ざかる影が人混《ひとご》みに消えた…」というのを思い浮かべて…。人混みに消えるというわけにはいきませんが、校門を出たところがちょうど道路になっており、そこを曲がるともう姿は見えなくなりますので、そこまでの間をじっくり車椅子で出て行こうと思っていたのです。ところがなんと、その日は大雨でその計画もお流れ、あっさりと寄宿舎の玄関前から車で去ることになったのでした。こうやって、私の十二年間の学生生活が終わったわけです。

第2章　大学時代

パソコンとの出会い

▲大学の夏期スクーリングで友人たちと。

※通信教育始まる

高校を卒業して、私の自宅での生活が始まりました。かねてからの念願だった家族と一緒の生活が始まったわけですがその反面、地域には一人も話をする友達がいませんでした。このことについては卒業前からも考えていてそれなりの覚悟もあったのですが、やはり寂しいものでした。

卒業した直後、両親はなるべく家に閉じ込もらせないようにと配慮してくれました。地域の障害者団体の行事などに参加させてくれたり、日ごろから親しくしている人の家に連れて行ってくれて、養護学校時代に磨《みが》いた(?)腕で囲碁を打ったりしました。だいたい週に一度はそうやって外出していました。

この、週に一度の外出は当時の私にとってたいへんうれしいことでした。正直言って、これほど外出ができるとは思っていませんでしたから、「今週も出かけられた」と内心で喜んでいたものです。

そんな私のもとへ、大学から入学通知と入学に際しての書類などが送られてきました。まず感激したのが学生証です。「社会福祉学科一回生」と書いてあるカードに緊張した私の写真が貼ってありました。写真入りの学生証なんてこれまで持ったことがありませんでしたから、すごく喜んだものです。それと同時に、自分も大学生なんだという実感が湧いてきました。

それからもう一つ胸を踊らせたものがありました。それはスクーリングのしおりです。中を開いてみると、夏のスクーリングの計画表がぎっしり書いてありました。私たち一回生は八月の八日から二三日までです。これだけの期間を京都のキャンパスで生活できると思うと、本当にわくわくしました。よく見ると、お盆も日曜も休みはありませんが、そんなことはもう問題ではありません。心はすでに京都に…という感じでした。

最初のテキストが送られてきたのは、入学の書類が送られてきた二、三日後だったと思います。私の受講していた通信教育は年に四回の配本があります。それで普通、二冊のテキストが送られてきます。一冊が一科目というわけです。最初に行なわれたオリエンテーションでは、その一科目を一カ月でこなすペースでやると、順調に四年で卒業できるという説明がありました。

しかし四年で卒業する人はごくわずかだそうです。私の先輩がその偉業を達成したと聞いていましたので、すごいなーとつくづく思いました。私も一応四年で卒業することを目標としていました。最初に、月に一科目のペースでこなせばいいということを聞いた時は、これなら可能だと思いました。

ところが、最初に送られてきたテキストは一般教養の法学という水色の本と、専門科目の社会福祉学原論という焦《こ》げ茶色の硬い表紙の本でした。とくに法学の方はざっと見て四百ページはありました。その分厚さに正直言って圧倒されました。

私は本を読むのが遅い方だと自分で思っています。本のページをめくるのが大変なのです。手をじゃんけんの時のグーにして片方の手で本を押さえて、もう一方の手でめくるのです。果たしてこれ全部を一カ月で読むことができるか心配になりました。しかもただ読めばいいということではなく、その後レポートというものが待っています。ですから理解しながら読まなくてはいけないのです。

とにかく、翌日から法学の本を読み始めました。一応午前中はびっしりと勉強をするというのが私の計画でした。でもその間ずっとテキストを読み続けるというのは苦痛なものです。小説を読むように、自然と頭にその情景が入ってくるということがないため、一字一字、噛みしめるように読まなくてはなりません。そう意識している間はいいのですが、しばらくすると、ただ機械的に字を読んでいるという状態になってしまいます。このような時には何も頭には入っていません。そういうことに気がつき、これではいけないと思い直して、またバックして読むということが多々ありました。

そのようにしてやっと法学のテキストを読み終えたのは七月に入ってからだったと思い

ます。一科目の単位を取るにはレポートを書いて提出しなければなりません。四単位の場合、二つのレポートが必要でした。

レポートは規定の四百字詰めレポート用紙に八枚となっていました。オリエンテーションの時、小さいマス目のレポート用紙に自筆で書くのはちょっと困難なので、タイプでの提出許可をもらっていました。しかし、私の場合、タイプで打つスピードはそれほど速くはありませんでしたから、下書きは自筆でノートに書き、それがどのくらいの字数になるか一度四百字詰め原稿用紙に母に写してもらって、それを見ながらタイプで清書するという方法をとりました。この間、約一週間ぐらいだったと思います。

いちばん大変なのはやはり下書きの段階でした。書ける時はすらすらと何枚も一気に書けるのですが、進まない時は一つの文章が出てくるまで何時間もかかる時もありました。そういう時は本当に苦しいもので、「これさえ終われば後はスクーリングが待っている」と思ってがんばったものです。

レポートは提出すると、それから一カ月から二カ月後に添削されて返ってきます。成績が、A、B、C、Dの四ランクに分けられていて、「D」だったら再提出となります。そのランクの欄を見る瞬間がまた楽しみなのです。好運にも一度も再提出になったことはありませんでしたが、ちょっと気になるレポートの時は拝《おが》みながら開いたものです。

※手術決定

それからまもなくして心から楽しみにしていたスクーリングを迎えるのですが、その前に一つ重大なことがありました。それは卒業前から決めていた「手術を受ける」ということです。そのことがはっきりと決まったのは六月でした。それまでは両親や学校の先生方に手術を受けることを賛成してもらえず、どうなることかと思っていました。

そんな時、隣の町に以前、整肢療育園で手術のことを相談した先生が巡回相談で来られるということを聞きました。それで、その時に先生にお会いしに母と一緒に行きました。やはり私も正直言って手術に対してすごい恐怖心を持っていましたし、反対に手術をして何としても歩けるようになりたいという強い希望も持っていましたので、先生にお会いするまでは、複雑な心境で胸の動悸が激しかったことを覚えています。

先生にお会いして、母は手術をして大丈夫かということを先生に聞いていました。この時も先生は卒業前に私に言ってくださったことと同じ、私の頑張り次第で歩けるようになるというふうに言われました。

母は、私が「今度こそ…」という強い信念を持ってることを知っていましたし、信じてくれていましたので、その先生の言葉で少し手術をしてもいいという方向に傾いたようです。そしてその場で手術をするということがはっきりと決まったのです。

スクーリングがすんでから入園して手術です。その時だったかどうか忘れましたが、一つ先生と約束したことがあります。それは手術を受け、退院する時は一人で歩いて自宅のある鹿町《しかまち》まで帰るということです。全然歩けなかった私にとって夢みたいな話ですが、小学生のころ、帰省《きせい》した時などに母が「一人で歩いて帰ってきた夢を見た」と何度もうれしそうに言っていたことが頭に残っていて、いつかそうなりたいと夢見ていたのです。先生も「もしかしたら可能かも知れない」と言ってくださいました。

※母と二人三脚のスクーリング

さて大学の方ですが、いよいよ待ちに待ったスクーリングがやってきました。スクーリングには一般の学生が夏休みの期間、二週間ほど集中して行なわれる夏期スクーリング、日曜日ごとに行なわれる日曜スクーリング、また最近では連休などを利用して三日ぐらい大学のスタッフが地方に出向いて行なわれる学外スクーリングなどいくつかの種類があります。私はその中の夏期スクーリングを四年間受講しました。

初めてのスクーリングは確か八月八日からだったと思います。七月の終わりごろ、学校からスクーリングの予定表や教材が送られてきました。私たち一回生の受講する科目は、英語と体育実技、基礎教育、そして仏教学というふうになっていました。

スクーリングの期間中、私たちの宿泊するところは一般の学生のための寮や、寺の宿坊、大学指定の一般のホテルや旅館等というようになっていました。私は、スクーリングのしおりの宿泊施設の説明の中に「障害者」というキーワードが載っていた本学の寮の一つ、知恩寮という所に決めました。地図で調べてみると千本北大路の所に大学があり、知恩寮はそのさらに北に離れたところにありました。

スクーリングには車とフェリーで母と行きました。車は母の運転です。小学五年生の時、母が将来のことを考えて一大決心して免許を取ってくれたおかげで、どこにでも不自由なく連れて行ってもらえました。

スクーリングの間、父や弟には家のことなどいろいろ大変だったと思いますが、四年間、快く送り出してくれて本当に感謝しています。母もスクーリング中は朝早くから夜遅くまで大変だったと思います。寮では母と二人部屋に入り、食事は自炊して食べさせてもらいました。最初の方では入浴も一般の人たちの時間をさけて介助してもらっていましたし、母は男子寮ということで、十一時以降に同じように付き添ってこられていたお母さんたちと入っていました。そのため、寝る時間も毎日遅くなります。

学校での講義でも、教授の目の前に母は私と二人で陣取って一所懸命ノートを取ってくれていました。本当はもう少し目立たない奥の方に座れれば良かったのですが、遠くなると黒板の文字は見えないし、だいいち車椅子でしたから細い机の間を入っていくことができなかったのです。

大学の講義がおもしろい時は良いのですが、中には難しくて眠たくなることもありました。でも一番前の席なので寝るわけにはいきません。中には「この暑い中、ごくろうはんでんなー。眠たくなったら遠慮なしに寝てもろうても結構です」と関西弁で面白く言われる先生もおられましたが、それを真に受けるわけにいきません。一番前で母と二人、必死で睡魔と戦いました。

時どき、すーっと気持ちよくなって目をつむることもありました。いつも頭が下がってきたことにハッと気がついて、「いかん」と思い、目を開くのですが、時どき、開いたその目の前にとがった鉛筆の芯がこっちに向けられていて、びっくりさせられることがありました。母の「寝るとは何事か！」という無言の戒《いまし》めだったのでしょう。そういう時、私も目で「寝てへんで！」と抗議するのでした。きっとその様子を見た先生は「おもろい親子やな」とびっくりされたことでしょう。こんな母のおかげで、私は本当にすばらしいキャンパスライフを送ることができたのです。

スクーリングでは、本当にいろんな人たちとの出逢いがありました。この出逢いを、私が一番楽しみにしていたのです。大学では周囲の人はみんな好意的で、聞き取りにくい私の言葉を何とか理解しようと懸命になってくれます。私にとってこれほどうれしいことはありません。

ただ、最初のうちはいろいろ雑談とかする友達といえる関係は残念ながらなかなかできませんでした。何かきっかけを作れないかと、一人ぽつんとロビーに座っていたこともあります。母には悪いと思ったのですが、どうしても母と一緒にいると私の言葉がわかりにくいため、相手の人も母との会話が多くなってしまいます。それを私は嫌って一人で誰かと話をするチャンスをうかがっていたのですが、母もその様子を見てずいぶん心配してくれていたようです。

そんな私に友達ができるきっかけになったのが体育の実技でした。体育の実技も先生や同じ班の人たちから励まされながら、私は膝立ちで参加しました。フットベースボールの時は、足で蹴れないので手で打たせてもらいました。打った後は代走に走ってもらい、守備では内野を守らせてもらいました。一度ボールを受けてアウトをとると、同じ班の人たちが拍手して喜んでくれて、その瞬間から私も仲間になれたような気がしました。

残念ながらやはり試合の結果は私のために全て最下位になりましたが、京都の猛暑のなかで健常者の人たちと共に汗を流してプレーしている時は自分が障害者であることも忘れて、幸せでした。特に通信教育は年齢も様々だったのですが、同じ班にたった一人いた私と同い年の女の子と、レクレーションで腕を組んだ時も幸せでした。

体育の講義はずっと同じ十人のメンバーでチームを組んで参加したのですが、その方たちとは実技以外の時でも自然に集まり、一緒に昼食をとったり、講義の後、街に遊びに行ったりもしました。

また、試験もみんなと一緒に受けていました。私は机の上では字が書けないため、教壇の床に座って試験を受けました。大学の先生は、別室で代筆による受験を勧めてくださいましたが、私は、共通一次の時は駄目になりましたが、このみんなと一緒の緊張した雰囲気の中で受験することも夢でしたから、あえてこの方法を選びました。

試験の五分前になると教壇の端に行って、ドカッと座り込んで答案用紙が配られるのを待ちます。養護学校時代お座敷に座っていたように…。当然、他の人たちはこの光景を見て何事だというふうな顔をします。私も少し恥ずかしかったのですが、試験の前でそれどころではありません。

そして一時間、自分の持つ最高のスピードで答案用紙に答えを書いていきます。私の場合、それを母に清書してもらいます。そのうちに周囲の人たちにも理解していただけ、教壇の所まで出てきて励ましてくださる人や、試験中に「わかる?」というように目で合図をしてくれる人まで出てきました。また、私の飛び跳ねた字を見て、「この字のまま出しなさい。十分読めます」と、教授に声をかけられて、周囲の人たちから一斉に拍手を受けた時は、感激で胸がつまりました。

寮でのお風呂も私にはすごい思い出です。最初は遠慮して母に入れてもらっていたのですが、だんだん友達が増えて自然とその人たちと入浴するようになりました。そんな時の風呂は決まって長風呂になります。一時間半というのはざらでした。風呂の中でみんなといろんな話をしているからです。私の声は大きいので誰かと話していると、その人の声も自然に大きくなります。すると周囲の人にもその会話の内容がよくわかり、その人たちも会話に入ってきます。そうやって会話の輪がどんどん広がり、なかなか出られなくなるのです。ちょっとのぼせてきたらしばらく湯船から出て話をし、冷めたらまた入って話すということを繰り返します。

さらに脱衣所にあがって、そこでまたみんな輪になって座り込んで三〇分ぐらい話をしていました。その話の内容も、病院のケースワーカーや保育園の先生、学校の先生などいろんな人がおられるので、その人たちの立場からの本音など、なかなか面白いものばかりでした。

母に聞いた話では、私が風呂に入るとみんなの大きな声と風呂のエコーでずっと風呂場が鳴っていたそうです。それを聞きながら、早くあがってこないとお母さんたちの入浴時間がなくなるので、気が気ではなかったとよく言われました。

※初めての失恋

学年が上がるにつれて、スクーリングもエキサイティングなものになっていきました。行くたびに新しい友人もどんどん増えていきます。私の周囲の人たちはみんな福祉を学びに来ておられるためか、優しい方ばかりです。

中でも印象に残っている出会いは、二回生の時の学食で、母と食事を取っていた時のことです。向かいに座っていた方が「俺が食べさせてやる」と言って食事の介助をしてくださいました。ところが、その方というのはパッとみると、ちょっと引いてしまいたくなるような怖そうな人でした。頭は坊主で目も鋭く、足には下駄《げた》をはいて大学に来ておられました。でも、話をしてみると養護学校の先生でした。

その翌日、また、会いました。その時、足元を見ると昨日は履いておられた下駄がスニーカーに変わっていました。下駄の印象が強かったのですぐにそのことに気がついて、「下駄は?」と聞いてみました。すると「車椅子を押す時に滑るから…」という言葉が返ってきて、胸がじわっと暖かくなった一瞬でした。

その先生とそれからは講義も一緒に受けたり、学食にも連れて行ってもらったり、四回生最後のスクーリングの最終日には前から行きたいと思っていたけれど、階段があるのであきらめていた大原の三千院にも連れて行ってもらったりと、本当に可愛がっていただきました。

四回生の時、講義がすんでから市バスに乗って四条河原町に遊びに連れて行ってもらったことも、貴重な思い出です。一回生の最初のレクレーションの時に出会い、一番最初に友達になった方と三年ぶりに会って、コンパの時にいきなり「明日、街に遊びに行こう」と誘っていただいたのです。同行してくれたのは三人です。

車椅子の私が市バスになんてめったに乗る機会はありません。その時は、その友人が私を背負ってバスに乗り込んでくださいました。それだけでも私にとっては「貴重な体験」なのですが、実はその時に連れて行ってもらったところが映画館で、そこで生まれて初めて成人映画の鑑賞をしてしまったのです。

何も知らずに寮で待ってくれている母のことを思うと、すごく後ろめたい気がしたのですが、今日、ここで見ないと一生、そんな映画なんて見る機会なんてないだろうと思い、行ったのでした。母に聞かれたらホラー映画を見に行ったことにして、「内容は怖すぎて話せないと言おう」と友達と口裏を合わせておいたりしました。映画の内容はともかく、世間一般の若者たちもきっとこんなことをしているんだろうと思うと、なんだかうれしくなりました。

一方でちょっとつらかった経験もあります。二回生の時、実は一人の女性に好意を寄せていました。会った時はにこっと微笑んでくれるかわいい女性です。完全に片想いだったのですが、その子に会うのを毎日楽しみにしていたものです。

二回生の最終日のこと。試験前の休み時間に急にお腹が痛くなってトイレに行きました。普通なら試験の勉強をしていたはずですが、仕方がありません。用をすませ、母を待っていた時のことです。そばで一組のカップルが仲良さそうにしゃべっていました。それを見ながら私の好きな彼女のことをふと思い出した瞬間のこと、向こうを向いていた女性が振り返ったのです。するとその女性は、何と私が好意を寄せていた方でした。

「絶句」という言葉がありますが、その時の私はまさにその状態です。もう頭の中が混乱してどういう顔をして良いかわかりませんでした。私がこのような絶句状態に入ったのとほぼ同時に、彼女から「あらー、こんにちわ」と、ごく自然に言葉をかけられたのです。

私が完全に一方的に片想いしていたわけですから、彼女の方は別に意識することもなく、平気で声をかけられるわけです。でも私はそういきません。考えてみれば、これが初めての失恋でした。これまでも一方的に人を好きになったことは何度もあります。そのたびに、別に告白することもなく、自然と、転校や卒業などということで別れてしまいました。しかし、好きになった人が他の人と親しくしてるところは見たことがありません。私は返事に困りました。頭の中は真っ白です。何とか微笑んで挨拶を返したつもりです。でもきっとその時の顔は動揺でひきつっていたと思います。私たちの言う「顔面緊張」です。脳性麻痺はこういう時、心の動揺を隠せないから困ります。

スクーリングの思い出はまだまだいっぱいあってとても書き尽くせません。他には友達と午後からは講義がないからと言って、映画村や大文字焼きを見に行ったり、夕方からボーリングやバッティングセンターにも行きました。バッティングセンターでは、養護学校で磨いた独特のバッティングフォームで、かなりの確率でボールに当てて友達を驚かせました。

また試験のあった後は必ずと言っていいほど、その授業の教授を交えてのコンパなどがありました。スクーリングの最後の夜に行なわれた学園祭では、奈良から来ておられた女性に車椅子を押してもらって鳴子を持って、サンバのリズムのよさこい節を汗びっしょりになって踊りました。最後になぜか私たちの名前を呼ばれるので前に出てみると、「めだったで賞」という、とんでもない賞の受賞でした。

こんなことばかり書くと、私がスクーリングの期間中、遊んでばかりいたように思われますが、実は、その通りです。遊ぶことばかり考えていました。試験の前に遊んでばかりいて勉強しないものだから、母に「何しにきたのか！」と叱られた時も「いろんな人たちとふれあうことが一番の目的！」と反論していたほどです。でも、そう言いながらもちゃんと学ぶべきことは学んできたつもりです。

スクーリングの最後は親しくなった人たちと、「また来年会いましょう」と言い合って別れます。例年、この瞬間が一番つらい時でもあるのですが、その一方で、一番、「通信教育を受講していて良かった」と実感する瞬間でもあるのです。

※手術

一回生の時のスクーリングがすんで自分の家に帰ってきた翌日、私は足の手術のために六年前までいた整肢療育園に再び入園しました。園にはまだ私が小学校の時にお世話になった看護婦さんたちがたくさんおられてすごく心強く思いました。

九月四日が私の手術の日でした。最初は何とも思っていなかったのですが、その日の数日前、スクーリングの時、同じ寮で兵庫の郵便局に勤めておられる人から手紙が届きました。内容は手術の励ましの手紙でうれしかったのですが、その中に「ちょうどその日は仏滅ですね」というようなことも書いてありました。ちょうど大学で仏教について講義を受けた直後でもあり、そのことが気になりだしました。

さらにその日は九月四日、「苦死の日」だとラジオでも言っていたと、後で母に聞きました。おまけにその日はすごい雨でまばゆいくらいの雷が何度も光ったのを覚えています。私は「仏滅」しか気にしてなかったのですが、母は、これは何かあると、不吉な予感を感じていたようです。私が手術前でドキドキしながらベッドで寝ていると、母がやって来ていきなり言うのです。「本当に手術しても大丈夫か」と…。

話を聞いてみると、母は家でいろいろと試してみたそうです。私はふだん室内での移動は膝歩きでしていました。その際、私の足の変形が都合よく、ちょうど足の甲が地面につくような形になっていました。ところが今度の手術では足首を直角になるように固定するというものでした。そうすると膝立ちした時にこれまでのように足の甲がつかず、足の指が地面につくようになります。このことを母が非常に心配していたのです。こうなることでうまく膝歩きができないようなことになったらどうするのかと…。

私もそのことはちょっと心配していましたが、友達の中にも、そんな状態でうまくやってる人もいることだし、慣れれば何とかなるだろうと思っていました。でも改めてそう言われると心配になります。特に手術前でドキドキしている時ですから「手術をやめるなら今のうちだ」なんて言われると、私もだんだん心配になってきました。

それで、主治医の先生に私の部屋まで来ていただいてそのことを話しました。先生は「大丈夫だろう」と言われましたが、私たちを安心させるために、伸び縮みのしない分厚い包帯を私の右足首に巻いて直角に固定（といっても当時の私の足首はそう簡単に直角になるような代物ではありませんでしたが…）して、そのままの状態で膝歩きをするように言われました。実際やってみると、緊張していたのと、慣れないのとでやはり歩きにくかったのですが、全然できないというようなことはありませんでした。

まだ母はすっきりしない様子でしたが、手術をやめるという事態は避けられました。私ももっと強く「大丈夫！」っと言って説得すればよかったのでしょうが、その時は手術のことが気になって話をするのも億劫《おっくう》なくらいで、とてもそういう気にはなれませんでした。

そんな母を安心させてくださったのは訓練の先生でした。私が小学生のころからおられて、私にタイプの指導をしてくださっていろいろと相談にも乗ってくださっていた先生が、手術前に励ましに来てくださいました。その時に母は「手術をして大丈夫か」と聞いてみました。すると先生は、自分で姿勢を取って見せてくださり、むしろこの方が膝立ちをした時に安定するのではないかと説明してくださったのです。この一言で母は安心することができたようです。

私の手術は一時からです。小学部のころ、療育園にいた時、友達から手術のことなどよく聞かされていました。それによると手術の前に、三本ぐらい注射をされるはずです。その注射のうちの一本が特に痛いとか…そういうことを思い出していると看護婦さんが部屋に来られました。持っておられるものを見ると、予想通り三本の注射器がばっちりとありました。ただでさえ注射のきらいな私ですから並んだ三つの注射器を見て、それらがみんな私に刺されるのかと思うと、思わず「うわぁー」という声を出してしまいました。注射は腰の少し下あたりにされました。三本ともほぼ同じところで、どれが痛い注射なのかはわかりませんでした。本当は気分の問題でどれも同じなのかも知れません。

一時、いよいよ手術室に行くため看護婦さんたちが迎えに来られ、ストレッチャーに乗せられて二階の手術室に向かいました。恐怖心はあったのですが、思っていたほどに胸も高鳴りませんでした。これはきっとさっき打たれた注射のせいかなと思う余裕もあったくらいです。手術室の前に一つドアがあり、そこでストレッチャーは病棟の看護婦さんから手術室の看護婦さんにバトンタッチされました。それからあとのことはよく覚えていません。

手術という貴重な体験をするのだから麻酔で眠るまでのことをしっかりと覚えておこうと思っていたことは確かなのですが、断片的に覚えてるのは手術室の天井にライトがあったことや、大きなマスクをした主治医の先生が何か話しかけてくださったことなどです。

それから間もなく麻酔のためのマスクを口に付けられました。

ここから数分のことは不思議とよく覚えてます。まず聴覚に異常が感じられました。周囲の音が大きく聞こえるのです。手術を準備するカチャカチャという音を初め、先生方の足音や、さらには自分の呼吸する音までもが…。そしてそれらの音すべてに強いエコーがかかってるのです。「だんだん麻酔も効いてきたな」と思いながらも、「まだ眠ってないのに始められたら困るな」という馬鹿みたいなことを考えていたのですが、そういう心配は一切いりませんでした。本当にスーっというふうに眠りに入っていきました。


麻酔から覚めたのは手術室の隣の部屋でした。熟睡してるところを看護婦さんに起こされました。その時はまだ足にも痛みはなく、眠りは実に心地良いものでしたから、看護婦さんに声をかけられて起こされるのはちょっと苦痛でした。半分眠ったような状態で「はい」とか返事していたような記憶があります。

次に目が覚めたのはもう夜だったと思います。看護婦室の前の部屋のベッドに寝かされていました。その時はさっきと違ってはっきりと目が覚めましたので、自分の現在の状況をしっかりと把握できました。右足の太股から下にギブスが巻かれており、全然動かすことはできません。右手には手術前に打たれた点滴がそのまま刺されていました。意識がはっきりするにつれていろいろと考えてしまいます。まず考えの対象になったのはやはり手術した足のことでした。足は今どういう状態になってるのか、もし今動かしたり、力を入れたりしたらどうなるだろうか、おそらく痛いだろうからそれは避けないといけないというふうに…。

ところがこう考えたのが失敗で、地獄の始まりでした。力を入れるまいという意志に反して緊張が起こり、足首を伸ばすように勝手に力が入ってしまうのです。ギブスで固定はされているので動きはしないものの、予想通り、激痛が走りました。切った傷の部分は痛くないのですが、ちょうど足首の中心の骨の部分にズーンという何ともいえない痛みが来るのです。そのたびに痛みのため「うー」っと声を上げてしまいます。しまいには緊張による痛みが怖くて、力が入りそうになると、先に声が出てしまうという状態でした。

付き添ってくれていた母が看護婦さんにその様子を話してくれて、痛み止めの座薬や注射を打ってくださったのですが、効果はありませんでした。自分でも傷が痛いのではないので効かないだろうとは思っていましたし、それよりこの緊張が取れてとにかく眠らせて欲しいと思いました。平静にしていると痛みは全然ないのですから…。このままだと全然眠れないのではないだろうかと心配になってきたのですが、幸いそのうち眠気が出てきてうつらうつらと眠れました。

翌日は幸いなことに昨夜のような、力が入ることによる足首の激痛は無くなりました。ところが予想外のことが起こりました。先生に足の様子を見てもらうと、なんと白いギブスに血がにじんでいたのです。

普通ならこのまま抜糸まで何もしないでいいはずだったのに、すぐにギブスの巻き直しということになりました。できるならもう嫌な目には遭《あ》いたくないのにと思いながら仕方なく二階の処置室に連れて行かれました。そして手際よくギブスカッターでギブスを切られ、巨大なペンチみたいな器具を使ってこじ開けられました。ギブスの上半分が外された私の足に冷たい空気がすーっと当たりました。次に足を持ち上げて下半分も取られました。

さてこれで足首を固定しているものが無くなったわけです。私は「今、足に力を入れたら、ものすごくやばいことになる」と思って、足に力が入らないようにするために必死でした。ここで足首を伸ばすように力を入れた時の痛さはちょっと想像できませんでした。

ところが、そういう状況にありながらも好奇心は旺盛《おうせい》で、自分の足がどうなっているのか見てみたくなり、頭をもたげて自分の右足の方を見てみました。すると右足は爪先が天井の方にまっすぐに向いてました。どんなに強い力で押しても直角にならなかったあの足首が、何もしていないのにちゃんと直角になってるのです。まるで自分の足ではないように思えて、怖くなりました。でも「治った！」とすごくうれしかった瞬間でもあります。

さて、その翌日から本当の苦痛との戦いが始まりました。ギブスが皮膚を軽く押さえることによる痛みです。時どき襲ってくる激痛とは違って、痛み自体はそうでもないのですが、それがずーっと持続するのです。神経も自然にそちらに集中させてしまうため、実際の痛みより強く感じられます。それが何時間も続くため食欲も無くなるし、精神的にも本当に参ってしまいました。付き添ってくれている母にもずいぶん当たったり、わがままを言ったりしました。

※足でタイプを打つEさんとの出会い

手術後、しばらく集中治療室みたいなところにいたのですが、ある程度落ち着くと、自分の部屋に戻らなくてはいけません。療育園では、集中治療室にいる間だけ母に付き添ってもらえる規則になっています。母が帰ってしまうと思うとなんだか心細くなり、もうちょっといて欲しいと頼みました。せめてギブスが半分になって座れるようになるまでとか理由をつけて…。今考えると、本当に子どもみたいで恥ずかしいのですが、その時は足は痛いし、何一つ自分ではできないし、不安で、ただもうちょっといて欲しいの一心でした。

母はそのことを担当の看護婦さんに相談すると、ちょうど外来の部屋のベッドがあいていたため、そこに入れてもらえることになりました。その部屋にはすでに三人の方が入っておられました。みんな成人された方たちばかりで、一人大阪から来ておられる方もお母さんに付き添ってもらっておられました。そのような部屋でしたので、私の付き添いもいということになりました。

大阪から来られていたのはEさんという方で、小学校のころにこの整肢療育園におられたそうで、当時の縁で手術のために再入園となったそうです。Eさんは私と同じ脳性麻痺で手に強い不随意運動があり、思うように使えませんでした。しかし足の方は障害があるにもかかわらず、器用に使うことができました。歩くことはもちろん、普通は手でやることさえもEさんは足でされるのです。

はじめて部屋を移って来た日の夕方、ギブスの痛みに顔をしかめながら耐えていると、窓際の方からタイプライターの音が聞こえてきました。私もタイプライターを持っており、すぐにその音がタイプだとわかりました。私よりも速く、だいたい二秒間隔でその音が聞こえてきます。私は内心、調子のいい時なら自分もあのくらいで打てたかな？　などと思いながら、ふと頭を持ち上げて窓際の方を見てみました。

ところがタイプライターを打っていると思われる人影は見当たらないのです。どこで打っているのだろうか、と母に聞いたところ、タイプライターをベッドの前の床の上において、自分もそこに座り、足で操作して打っているというのです。足で打っているのに私よりも速い！　正直言って驚きました。

Eさんはタイプライターだけではなく、カセットテープの操作や、爪切りなども足でやってしまいます。私と同じような障害なのに、私にできないことまで足でいとも簡単にやってしまうのです。私はそんなEさんを「すごい人だなっ」と思うとともに、すこしうらやましくも思いました。

一方、性格の方は私とよく似ていて、非常に負けず嫌いで、思ったことはやらないと気がすまないようでした。そんなこともあって、Eさんと意気投合し、何でも話せるようになりました。そんなEさんとの出会いは、私の園での生活に大きな影響を与えることになるのです。

手術後、三週間はギブスが太股まで巻かれていましたので、ほとんど寝たきりの生活が続きました。膝が曲がらないため、車椅子にも乗れません。暇な毎日が続きました。こういう時こそ大学のテキストを読むのにもってこいだと頭ではわかっていて、付き添ってくれていた母に幾度となく、本を開いてくれるようにと頼んだこともあったのですが、長続きはしませんでした。

ところで私がそんな風な毎日をすごしている時、Eさんは毎日、昼と夕方に何やら紙を持って、どこかに行かれているようでした。聞いてみると、パソコンを教えてもらっているとのことでした。二階の医局にパソコンを設置したから、空いてる時は使ってもいいと、Eさんの主治医である園長先生に許可をいただいたそうです。パソコンは私が以前から非常に興味を持っていたもので、触りたくてたまらなかったものです。それを聞いてうらやましくてたまりませんでした。数日後、園長先生が私にも、ギブスが取れたら一緒にパソコンを触ってもいいと言ってくださってうれしくてたまりませんでした。

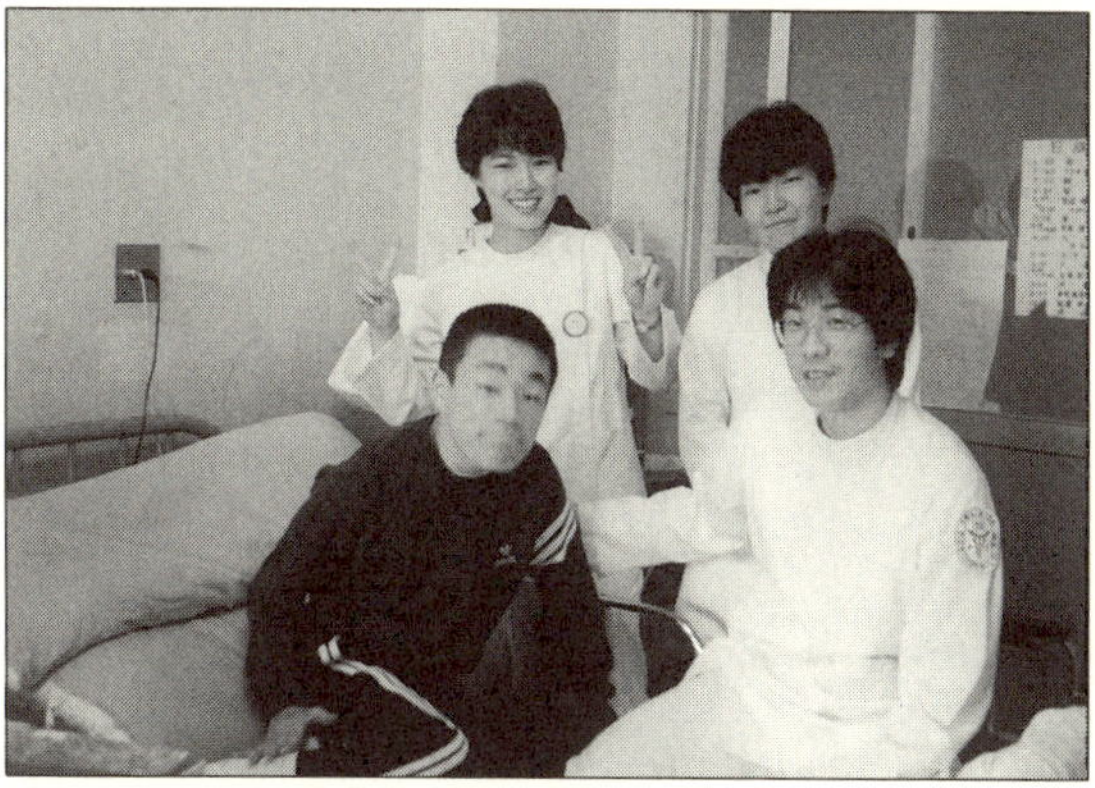

▲手術後、訓練の実習生の方たちに励まされ、ギブスもとれた。

手術して三週間、やっと待ちに待ったその日がやって来ました。太股まで巻かれていたギブスが膝下までになるのです。こうなるともう膝も曲がるため、車椅子で自由に行動できます。

ギブスが膝下までになると、車椅子に乗れるようになり、あちこちに行けるようになりました。それと同時に訓練室での訓練も始まりました。私の担当は若い独身の男の先生で、ちょっと小柄な方だったのですが、私をいとも簡単に抱きかかえてくださったのには本当に驚きました。

さて私の最初の訓練は何だったかというと、忘れもしない〝這う訓練〟でした。これにはすごいショックを受けました。車椅子から降ろしてもらって座っていると、数メートル先に大きなビーチボールがあり、そこまで這うようにとの指示でした。最初はそのくらいなんでもないことだと思っていたのですが、いざ尻を上げてみると、自分の体重が膝にかかり、それがすごく重いのです。

以前なら「黄金の膝」でどこまでも膝歩きできるという自信があったのですが、とんでもない。かつて膝を取り巻いてた分厚い肉は削げ落ち、骨が床に当たってゴリゴリと痛いのです。さらに足を前に動かそうとしても力も入らず、思うようにいきません。三週間ずっと寝たきりだったため、信じられないほど体力が落ちていたのでしょう。

五メートルだったでしょうか？　それほど短い距離を移動するにも必死でした。かつてゴロ野球やゴロバレーなどをやっていた自分なのか、と疑いたくなるくらいでした。こんなことで本当に歩けるようになるのかと思い、ショックでした。しかし急激に落ちた体力は逆にもとに戻るのもとても早く、一日一日ぐんぐんと力がついてきました。

※初めてパソコンに触る

私が車椅子で移動できるようになってすぐに、先生との約束通り、パソコンを触らせてもらえるようになりました。パソコンは手術室のある二階の医局にあります。園には二階というところは手術や検査でもない限り、行ってはいけないという暗黙の決まりのようなものがありました。ですから、初めてEさんに二階に連れて行っていただく時は、なんか看護婦さんたちに注意されそうで、びくびくしていたものです。

エレベーターを降りて二〇メートルほど行くと、パソコンのある部屋があります。私たちはさっそく部屋に入りました。中はところせましといろいろな器材が置いてあり、目当てのパソコンは入り口の真正面の机の上に置いてありました。機種はＮＥＣのＰＣ－９８０１Ｆ２。その右側にはちゃんとプリンタも置いてありました。ちょっとオーバーかも知れませんが、これが私とパソコンの初めての出会いだったのです。

実際にパソコンを見るのもこれが初めてで、ずいぶん長い間、キーボードなどをしげしげと眺《なが》めていました。それまですごく興味があり、キーボードがいったいどうなってるのか知りたくて、家にパソコンの広告が入るたびに、載っている写真をルーペで必死で見ていたくらいですから、実際のコンピュータを前にした時のうれしさはすごいものでした。

私たちにパソコンの指導をしてくださったのは医師のＹ先生でした。Ｙ先生はまず機器類の説明をしてくださいました。ビデオカメラが三脚にセットされてあったりして、一体なんだろうと私も気になってたのですが、先生の説明でわかりました。そのビデオカメラやパソコンを使って、側彎《そくわん》の検査をやっておられるということでした。ビデオで撮影した画像データを特殊な装置を通してパソコンに入れ、パソコンで結果を判定するそうです。

でもそのころはまだパソコンのパの字も知らない私ですから、そういう説明を聞いてもよくわかりませんでした。Y先生の話によれば、このシステムは画期的なもので、園の先生たちも加わって作り上げられたという話を聞いたり、自慢げにそのプログラムをプリントアウトした膨大《ぼうだい》なリストを見せていただいたりして、なんか本当にすごいものなんだなぁと感じ入りました。

さて、その日からY先生によるパソコンの指導が始まりました。ちょうどワープロソフトの指導が終わったところで、幸運にもその日からBASIC《ベイシック》（プログラムのためのコンピュータ言語）によるプログラミングの説明が始まる時だったのです。私が最も興味を持っていたプログラミングなので夢中になって教えていただきました。

ところで、初めのころは私はまだキーボードを自分で叩いて入力しませんでした。最初に一度、入力することを試してみたのですが、興奮していたためか緊張が激しく、とても自分で入力できるといったものではなかったのです。

初めはキーボードぐらい簡単に入力できると思っていたのですが、いざ、自分で入力してみると、自分の押したいキーと一緒に周囲のキーにも手が当たってしまって、いっぱい関係のない文字がモニターーに出現しました。「これはいかん」と思って、BSキーでそれらの文字を消そうとするのですが、今度はBSキーにまで同じようなことが発生してしまい、間違った文字は増えていく一方なのです。キーボードは打てるだろうと夕力をくくっていただけに、うまく打てないとわかった時はショックでした。

でもそんなことで先生にいつまでも構ってもらっているわけにはいきません。せっかく貴重な時間を割いてY先生がプログラミングを指導してくださってるのに、私のために無駄な時間を費やしては悪いと思い、Eさんにキーボードを打つのを担当してもらいました。

もちろん、Eさんの得意な足の指でです。そして私が打ち込みたい時は、それをEさんに口で伝えて打ち込んでもらっていました。それを見ながら、足でもキーボードをすらすらと打てるEさんのことをうらやましく思っていました。そして、自分で打ち込んでみたいという希望はいつも持っていました。

※苦労したキー操作

そんなある日のこと、私の主治医の川口先生ともうひとりO先生が私たちがパソコンをやっているところに来られて、私が自分で打てるように考えてみようということになったのです。それまでもキーボードカバーを作ってくださったりと、いろいろ考えて試してもらっていたのですが、もうひとつしっくりくるものではなかったのです。私も頭の中でどうやれば打てるだろうかと考えていたことがあり、そのことを先生方に話してみました。それというのはやはりふだん、文字を書いているスタイルです。床に座り、ちょっと長めの棒を両手で持ち、その棒でキーボードを打つようにすれば結構スムーズに打てるのではないかと考えていました。

こう先生方に説明すると、わざわざじゅうたんを探して来て、セットしてあったビデオカメラを移動させてそこに敷いてくださったのです。棒も適当なものを探してきてくださり、私の言った通りの環境をあっという間に作ってくださいました。

私はじゅうたんの上に座り、棒を持ち、キーボードを打ってみました。身体は先生方が見られていることと、できなかったらどうしようという不安とでガチガチに緊張してましたが、いざキーボードを叩き出すと、自分で予想していた通りにスムーズに、しかも確実にキーを叩けるのです。むしろキーボードに慣れていないため、目的のキーを探すことのほうに時間がかかるくらいでした。この時は本当にうれしかったです。先生方もすごく喜んでくださいました。現在もこの方法でキーボードを操作しています。

ところが、この入力方法には一つ問題がありました。両手でスティックをもって入力することで確実に目的のキーを押すことができたのですが、コンピュータのキー操作には絶対に欠かせないＳＨＩＦＴ《シフト》キーなどの多重操作というのがあるのです。

多重操作というのはあるキーを押しながら、別のキーを押すという操作です。つまり同時に二つのキーを押さなくてはいけないということです。普通の人には全然問題のないことですが、私の場合、両手で一本のスティックを持ってキーを押しているため、この状態では、二つのキーを同時に押すことは絶対に不可能なのです。先生方もこの問題についてはいろいろと考えてくださいました。キーボードにそのキーを押し下げておくための器具を作って取り付けてくださったりもしました。それを使うと二つのキーを押すという目的は達成できましたが、今一つ使う気になれませんでした。

普通のキー入力は何度も書いてるように両手でスティックを持ってやります。その時のスピードが一秒に一つか二つぐらいという私にとっては、結構速いなと思うぐらいのものでした。

ところが多重操作のための器具を動かすには、いったんスティックから手を放して、その手で行なわなければなりません。そしてその器具をセットした後、再びスティックを持ち直して、目的のキーを押し、またスティックを放して、さっきセットした器具を再び元の状態に戻すという動作をしなければなりません。私の場合、スティックをすばやく持つことができないため、この動作に非常に時間がかかるのです。それまでリズミカルに入力していたのが、この動作のために狂わされるのが、嫌だったのです。

それで足で押さえられるようにできないものかとか、いろいろと先生に相談に乗ってもらいました。でも結局、うまくいかなかったので、しばらくは最初に先生方に作ってもらった器具を愛用させていただいていました。

その後、キーボードにも慣れて、その器具を使わずに、左手で押さえておいて、その間、右手だけでスティックを持ってキーを押すことができるようになりました。でもそのように片手での操作をするとスピードがガクッと落ちるため、納得のいくものではありません。しかし、それ以外にはこれといった良い方法が見つからなかったため、三年ほどこの方法で操作をしていました。

そのころ、二階のパソコンがある部屋にはほとんど毎日のようにEさんと通っていました。初めのうちは、Y先生にBASICの手ほどきをしていただいていたのですが、ある程度BASICについてわかるようになると、もう自分たちでどんどん好きなことをするようになりました。入門書のリストを打ち込んだり、それに自分たちなりの改造を加えたりしました。

この改造が私にとってたまらなく楽しいものでした。以前から何かを作るということがすごく好きだったのですが、手が思うように動かせないため、工作をするにしても弟や友人に作り方を口で伝えて作ってもらっていました。ところがパソコンの場合、キーを打ちさえすればそれができるのです。そしてパソコンは私がしようと思って打ち込んだことを忠実にやってくれます。このことが快感でたまりませんでした。

もちろん改造ばかりでなく、独自にテニスゲームや万年カレンダーといったプログラムも作ったりしました。当然ながら一発で動くことは滅多になく、何日も間違い探しに悩んだこともありました。そういう時というのは、ひどい場合、夢の中にまで出てくるものです。でもそうして作ったものは、できた時の喜びもひとしおで、よく看護婦さんたちを呼んで見てもらいました。

本もたくさん買いました。母に車で書店に連れて行ってもらってはコンピュータ関係のコーナーに行き、めぼしい本があるとすぐ購入していました。本はほとんど数日で読んでしまい、二階に行ってはさっそく仕入れた知識を試してみるということを続けていました。

このようにして私はどんどんパソコンの世界にのめりこんでいきました。それから約半年、療育園を退園するころには、ちょっとしたプログラムなら自分で組めるようになっていました。そして、もしかしたらこれで仕事ができるのではないかと思い始めていました。

※二度目の手術と歩行訓練

年が明けて私は二度目の手術を受けました。膝の後ろの緊張が強いため、それをやわらげる手術で、太股の後ろを切るということでした。主治医の川口先生の話ではこの前の手術よりはるかに簡単で、その手術をすることでより歩きやすくなるだろうということでした。

手術に対する恐怖心はもちろんありましたが、そもそもこの療育園に先生や両親の反対を押し切って再入園したのは他でもなく歩くためです。そうすると少しでもそれを実現するためにできるだけのことをするのが大切だと思い、決心しました。

二度目の手術はやはり一度経験していたこともあり、それほど恐怖心はありませんでした。手術後は一度目の時と比べると、雲泥《うんでい》の差でした。両足、太股《ふともも》までしっかりとギブスが巻かれましたが、今回は痛いところは全然ないのです。ただ両足とも動かせないのはつらいものでしたが、前回のように痛いのに比べると何でもないことでした。ですから手術後の静養の時もすごく楽に過ごせました。

ところで、両足を太股までギブスを巻かれてるため、足に関する訓練はそのギブスがはずされるまではできないものと私は思っていました。ところが、手術してから一週間後くらいから立位の訓練をするように言われたのです。驚きました。両足とも全然動かせないのにどうやってするのだろうと。まさか私を抱えて立たせてくださるとは思ってもいませんでしたから。ところが訓練の先生はもちろんのこと、看護婦さんまでもが一人で私を抱えてちゃんと立たせてくださるのです。その力には本当に驚きました。

立位の訓練はベッドの後ろのところで、ベッドにつかまって行ないます。最初に立った時、ギブスでちゃんと固定されているということもあるのでしょうが、非常に立ちやすいと思いました。それまで幼いころからずっと立つ訓練をしてきたのですが、こんなにリラックスして立っていられたのは初めてでした。足がしっかりとしているため、自然に上半身も安定し、長時間立っていてもそれほど疲れないし、気持ちいいくらいです。

そんなある日の訓練の後、訓練の先生が何気なしに私の両手を取って、引かれました。ちょっと考えると、両足をしっかりとギブスで固定された状態で手を引かれたら、私の体はついていかれず、そのまま棒が倒れるように前に倒れると思われます。ところが、ギブスで固定されている足が自然に前に出るのです。足は伸ばしたまま曲がらないのですが、立った時と同じように驚くほど自然にです。最初は信じられませんでしたが、その気持ちはすぐに喜びに変わりました。

こうやって自分の足で歩けたのは足の変形がそれほどひどくなかった中学校のころ以来

でした。中学校の後半から足の変形が始まり、それでまともに立てなくなり、今回の入園に至ったのです。もしかしたらこれほど気持ちよく足が出るのだったらギブスをとった後、歩けるのではないか…と真剣に思いました。それからというもの、立位の訓練の後は、数メートルほどですが、ベッドの横まで看護婦さんたちにも手を引いてもらって歩いて行くことにしました。

もちろん、少しでも看護婦さんたちに負担をかけないようにするためもありましたが、それ以上に少しでも歩いてみたいという気持ちがあったからです。そうやって手を引いてもらって歩いてみると、そのままどこまでも歩けそうな気がしました。

両方の足に巻かれていたギブスが取れて、足に力がある程度ついてくると、今度はいきなり独歩の訓練に入ったと思います。といっても先生には正式にやれと言われたおぼえはありません。自分で進んでやり始めたように思います。それだけ歩きたいという願望が強かったのです。立位の姿勢は手術のおかげで以前とは明らかに違い、しゃんと立てました。かかとがつくのとつかないのとでは、こんなにも安定感が違うのかと驚くほどでした。

さて、いよいよその姿勢から歩き出しました。足は出るのですが、手を引いてもらった時のようなスムーズなものとはいえません。一歩足を出してはバランスを取り、落ち着いてからまた一歩出すという歩き方です。ちょうど小学校の時に歩いていたのとまったく同じです。これでは前と全然変わらないと私は思いました。

私が一歩足を出してはバランスをとってしまうのは、倒れるのを恐れているからなのです。まずはその恐怖心を無くして、取りあえず、次から次に足を出せるかどうかやってみたいと思いました。手を引いてもらって、あんなにスムーズに足が出るのですからできないはずがないと思ったのです。

そこで考えて平行棒の間を歩くことにしました。倒れた時に、私の場合、サッとつかまるというわけにはいきませんが、平行棒に寄りかかることで、もろに床に倒れるよりも痛みは軽減されます。それによって倒れることの恐怖心もかなりなくなると思ったのです。

さっそく平行棒の間を歩いてみました。最初のうちはやはり同じだったのですが、倒れかけたらすぐに横の棒にすがりつけばいいと思うと恐怖心はありませんでした。そこで今度は無理矢理一歩出した直後にもう一歩を出すことに心がけてやってみました。すると意識してやると、次から次に足が出せるものです。でも自然ではないため、ぎこちなく相当疲れました。でも平行棒の約五メートルを一〇秒ぐらいで歩けたことは私にとって初めてのことで、すごくうれしかったのです。

一方で本当の訓練の方で大きな変化がありました。ある日の訓練の時間にいきなり先生が松葉杖を持って来られて、今日から松葉杖の練習をやると言われたのです。手も思うように動かせないので、松葉杖なんてまったく考えていませんでした。それだけに松葉杖の練習をすると言われた時は本当に驚きました。その一方でなんかわくわくした気持ちになったことも事実です。

そして初めて松葉杖をついてみました。手に不随意運動があるため、持った松葉杖がぶれるのではないかと心配していたのですが、松葉杖は手だけで持つのではなく、脇の下に挟めるため、そこでうまく固定されたようになり、そこを基点にして松葉杖を動かすようにすることでうまくコントロールできたのです。最初は立っているだけの訓練でした。やはり自分の足だけで立つよりも、はるかに安定性があります。それまで半信半疑だったのですが、この時初めて、もしかしたら松葉杖で歩けるかも知れないと思いました。

立った姿勢を保持できるようになると、次に歩いてみることにしました。最初、松葉杖の一方を出し、次にそれと逆の方の足を前に出す。次にさっきと逆の方の松葉杖を出し、残りの足を出すという、いわゆる四点歩行という方法で始めました。この歩き方は小学校の時から友達の訓練の様子なんかを見て知っていたので、戸惑うことはありませんでした。ただ遅いのです。慣れないのと緊張しているせいもありますが、一つひとつの動作に移るのに三秒ぐらいかかったでしょうか。一歩出してはちょっと静止して、また一歩出すという感じでした。おまけに歩幅も狭いため頑張っている割には進みません。

訓練室に敷いてあるマット一〇メートルほどを横断するのに、ずいぶんかかりました。時間を計っていなかったのでどれくらいかかったかはわかりませんが、五分以上はかかったように思います。横断して疲れ果てて、へたへたと座り込んで気がついてみると、Ｔシャツがしぼれるくらい汗でびっしょりになっていました。

その翌日だったと思います。母が面会に来ました。もともと私はうれしいことは黙っていられないたちでその時もさっそく、松葉杖の練習をしているということを話してしまいました。最初は信じていない様子でした。これまで母が、松葉杖なんてつけるわけがないと決めつけていたため、私もついそう思い込んでいたくらいですから…。母を連れて訓練室に行き、前日の訓練の時と同じようにして、松葉杖をついて歩いてみました。やはり緊張と、まだ慣れないことからその訓練の時とほとんど同じで、お世辞にもうまいという歩き方ではありませんでした。

「まだまだだ」とかいうふうに言われるだろうと思っていました。ところが予想に反して母は「これならいい」と喜んでくれたのです。自分でも満足できるような歩き方じゃないものをそういうふうに言われるとちょっと拍子抜けします。端から見てると、松葉杖をつかずに歩くのと比べるとはるかに安定しているから、これなら倒れる心配もないだろうというのです。私はこれでは遅いし、やっぱり独歩でなくてはいけないと内心思っていましたから、独歩のことを間接的に否定され、半分残念でもあり、逆に杖で歩けるということを認めてもらえて半分うれしいという複雑な心境でした。

さて、松葉杖の訓練ですが、それから自分でも信じられないほどのペースで上達していきました。翌日はマットの部分を出て訓練室横断、その翌日は訓練室一周ができるようになるというふうに、日に日に記録が伸びていったのです。そしてこのころになると時間さえかけると、どこまでも行けるような感じがしてきました。

ところが実際はそんなにうまくいくものではありません。ある程度、松葉杖の歩行にも自信がついてきたということで、一度、園を一周してみることにしました。療育園はちょうど廊下がロの字形のようになっており、それを一週すると約二〇〇メートルほどになります。訓練室はそのロの字の下の辺の右端に位置し、私の部屋は上の辺の右端にありました。ですから右回りに周って一週はできないとしても、せめて自分の部屋まではたどりつきたいと思ってこの訓練にのぞみました。しかし、途中で足の痛みも心なしかひどくなって、園をちょうど半周した所でのギブアップでした。

それからというもの訓練は毎日、私にとっての遠距離歩行になりました。毎日、それほど目覚しい記録の更新ということはありませんでしたが、着実に歩ける距離は伸びていきました。最初の目標であった自分の部屋まで歩くということは、そう長く経たないうちに達成できました。このころになると、もう杖を自室に持って帰っていいという許可をもらい、気分が向いた時には訓練の時間以外にも自主的に歩行訓練をやってました。

松葉杖での歩行が一日でぐーんと上達した日があります。それは春休みの帰省《きせい》で、自宅で歩行訓練を始めて二日目のことです。私の家の周りは砂利石が敷かれており、そんな所を歩くのはそれが始めてでした。最初の日はどうしても倒れた時のことを考えてしまって、その恐怖心が先に立ち、本来歩ける距離の半分も歩けなかったと思います。

ところが次の日のこと、どうせ前日と同じだろうと思って歩いてみると、違うのです。これまでと全然違い、自分でも信じられないくらいリラックスして歩けるのです。いつもならこの辺で半分ぐらいだろうと思い、折り返す地点にきても疲れがほとんどありません。ついつい調子にのってしまい、家の前にある駐車場を往復してしまいました。多分二〇〇メートル以上は歩いたと思います。当然、これまでで最高記録です。気がつくと、私の歩くペースも早くなっていました。それまでは杖と足は別々に前に出していたのですが、その日は右の杖と左足を同時に出していたのです。意識してそうしてるわけではないのですが、自然にそういう歩き方になるのです。考えてみると人間の体ってすごいものです。それ以来、療育園に戻ってもこのペースで歩くことができました。

もちろん、園内一周なんか信じられないほど簡単にできるようになりましたし、それに物足りなさを感じ、外を歩くようにもなりました。園の玄関から運動場を隔てた所に本明川という諫早では一番大きい川が流れており、そこの堤防まで行くのを訓練のコースにしました。途中、道の悪い所があり、かなり神経も使いましたが、堤防《ていぼう》まで行って、そこで川の流れを見ながらしばらく友達と話をして帰って来るのが一つの楽しみでした。

さて園の外を歩くようになると、松葉杖で歩くことにもだいぶ自信がついてきて、実用歩行というものを意識し始めました。最初の目標であった一人で自分の家まで帰るということもその一つです。

※単独帰省に向けて

自分一人で列車に乗って家に帰るという夢が実現に向けて動き出したのが六月に入ってからでした。主治医にどうしても一人で帰ってみたいということを相談したら、すぐに「いいだろう」と言ってくださって、訓練の先生にもそのことを話してくださったのです。そしてまもなく、私が一人で列車に乗って家に帰るまでの訓練の計画が立てられました。

その計画は次のようなものでした。最終目的は諫早駅から列車に乗って自宅の最寄り駅である江迎《えむかえ》駅まで帰るというものです。そしてそれまでに二つの段階を踏む。まず、実際に列車に乗ってみるということ、次に療育園から駅まで松葉杖で歩いて行ってみるということでした。この計画を聞いた時、すごくわくわくしました。ちょうどそのころ、福岡のリハビリの学校から女性の実習生の方が実習に来ておられて、私の担当としてずっと訓練に付き合ってくださいました。

まずは計画の第一段階、実際に列車に乗ってみるということです。これは公用車に乗せてもらって諫早駅から二つ先の大村駅まで行き、そこから実際に列車に乗って諫早まで帰って来るというものでした。初めての経験のため、列車にはどうやって乗ろうかとか、列車の乗車口には手すりがあるだろうかとか、そういうことばかり考えていました。

しかし実際、大村駅に着いて駅の方を見上げた途端、愕然《がくぜん》としました。その下にはコンクリートの広い階段が横たわっていたのです。私は自然と視線を階段の両端に振りました。手すりを探したのです。ところがありません。今まで列車のことばかり考えていた頭の中が一挙に現実に引き戻されました。

まずはこの階段を何とかしなくてはなりません。先生の方を見ると、自分で昇ってみるようにと言われます。訓練で一応杖だけで階段の昇り降りの練習はしていて、まだ昇れないことはわかっていたのですが、とりあえずやってみることにしました。でもやはりうまくはいかず、一段目で倒れてしまいました。このままもう一度立ってもどうせ同じことのくり返しだと思いましたから、そのまま這って階段を上がりました。幸い段数は少なくて、助かりました。それに必死でやったからでしょうか、這って昇っていることに対して羞恥心はありませんでした。階段を上がってから再び杖をついて駅に入って行きました。

さて、次の関門は切符の購入です。これは歩いたり列車に乗ったりすることに比べては大したことで無いことのように思われますが、私たちにとっては結構難関なのです。第一に行き先を駅員に告げなくてはなりません。言語障害の私の言葉が果たしてうまく聞き取ってもらえるか非常に心配な所です。

次にお金の出し入れです。立った姿勢のまま財布からお金を出してそれを渡し、またお釣りをもらって財布に入れるなんて、とても私にできる芸当ではありません。かといって、この切符を買うという動作を先生に頼んでやってもらうのは面白くありません。せっかく一人で帰省《きせい》する訓練をしてるのですから…。と、いろいろ書いていますが、実はこの時の私は切符を買うことにたいして、それほど深刻になってはいませんでした。なぜなら周到な用意をしていたからです。

この用意というのは、この日が来るまで数年前から胸の中で暖めていた計画でした。

小学生の低学年のころ、私は数人の仲間と競うようにして歩行訓練をしていました。そのうちの一人に私と親しかった先輩がいました。彼は今では一人でどんどん列車に乗って旅行されています。高校時代、単独帰省という制度があり、一人で帰れるとみなされたものは、寄宿舎から自宅まで一人で帰ることを許可されました。彼はその対象になっていて、よく一人で列車に乗って帰っていました。ちょうど彼の自宅は私と同じ方向だったため、なおさらうらやましく思っていたものでした。

しかも彼も、私ほどではありませんが言語障害があり、手も不自由でした。そんな彼がどうやって切符を買っていたかということを、帰省《きせい》前の準備の様子を見ていて私は知っていました。まず行き先をタイプライターで紙に打っておくのです。そしてその紙と千円札を障害者手帳と一緒に、よく保険証などを入れておくビニール製の入れ物に入れておくのです。つまり駅の窓口ではそれを駅員に渡すだけでいいのです。

これを知った時、歩けさえしたら私も帰省ができるのにと、強く思いました。そしていつか機会があったら、私もこの方法で切符を買おうと思い描いていたのです。

そしてついにその時が来ました。前日の夜、長年の夢がかなうと、わくわくしながらタイプで「諫早まで一枚お願いします」と打った紙をお金と障害者手帳と一緒にビニールの入れ物に入れておきました。お釣りがあると大変だから、紙に「お釣りはここに入れてください」と打っておきました。これで準備はばっちりです。

駅の切符売場の窓口に行き、すこしもたつきながらもバッグからその入れ物を取り出して駅員さんに渡しました。訓練の先生は心配してついて来られて、だまって私の様子を見ておられました。ところが私はものを渡しただけで、何も言いません。先生はおかしいなっというそぶりをしておられました。「大丈夫」というようにうなずいて見せたのですが、先生はついに我慢できなくなって、駅員に「諫早まで」と言われました。私は内心で「いわないでいいのに…」と思いました。それからまもなくして無事切符は買えました。後でその入れ物を先生に見せたら「やるな！」と言って笑っておられました。

目的のホームには五分ほど早く着きました。先生はまだ時間があるからベンチに座っていろというふうに言ってくださったのですが、その時はもう緊張でそれどころではありません。なるべく慌てないように乗車口が来ると思われるところで立って待っていました。

やがて列車が後方から入って来ました。私の目の前で乗車口が止まると信じてスピードが落ちて来る列車を見ていました。そして止まりました。ところが、目の前にあるはずの乗車口が一〇メートルほど離れた所にあるではありませんか！

慌《あわ》てました。先生はゆっくりでいいと言ってくださるのですが、そんなことは耳に入りません。やはり慣れてないからでしょう。運転手もチェックしていることですし、乗せずに出発するなんてことはまずないでしょう。でもその時の私は焦《あせ》りに焦って大変でした。やっとのことで昇降口に来たのはいいものの、もう焦りと緊張で身体が思うように動きません。あと一歩という所なのに…。結局列車には、先生に引っ張り上げてもらうような形で乗せてもらいました。このことがあとで残念でなりませんでした。もうすこし落ち着いていたら手すりもあったことですし、乗れないことはなかったのです。

列車の中ではとりあえず無事乗れたことで興奮ぎみでした。先生が何度も「どうしたのか？」と聞いてくださったほどです。そのたびに「別に」というふうに首を横に振っていました。でも内心では一人で喜びを噛みしめていたのです。その興奮のためか、諫早に着いてどうやって列車を降りたのかよく覚えていません。おそらくまた先生に手伝ってもらったのだと思います。気持ちが落ち着いたのは地下道の階段を降りている時でした。

数日後には次の療育園から諫早駅までの歩行訓練をしました。駅までの距離は八〇〇メートルぐらいと聞いています。その距離を実習生の人に付き添ってもらって一時間半かけて歩き抜きました。はじめの元気があるうちは、「今、美人の実習生と一緒に歩いているけど、これが訓練じゃなくてデートだったらどんなに幸せだろう」などと、不謹慎なことを考える余裕があったのですが、最後の方はもう疲れきって、ようやく前に進んでいるという感じで、駅に着いた時にはもう一歩も歩けないような状態でした。でも一応、計画された二つの訓練は無事やり遂げたわけです。

※ついにやり遂げた単独帰省

私が一人で帰省《きせい》する日はちょうど、退園の一週間前の七月十日となりました。

帰省の日は朝から梅雨末期の大雨であちこちで崖《がけ》崩れのニュースが報じられていて、果たして列車が動くのだろうかとずいぶん心配したものです。列車の時刻は三時ちょっと過ぎでしたから、二時ごろ園を出る予定になっていました。その時刻が近づくにつれて、だんだん心臓がドキドキしてきました。うれしいようで、怖いという何とも言えない複雑な心境でした。

たった一人で列車に乗るということは、ずっと前から持ちつづけてきた夢であり、それがまさにこれからかなおうとしているのです。それを考えると身震いするほどの喜びがこみ上げてくるのですが、一方で列車に乗っている間に何か予期せぬハプニングが起こったらと考えると、すごく不安になるのです。ですから、その時の私は友達に必要以上に話しかけたり、ひどく落ち着きを失っていることが自分でもよくわかりました。

やがて、出発の時間がきました。その日は雨ということもあって駅まではタクシーで行きました。諫早駅まではこの間、駅まで一緒に歩いてくださった実習生が一緒に来てくれました。担当の訓練士の先生は列車に乗るころ駅に来てくださるということでした。

駅での切符の購入は二度目ということもあって、これといった問題もなくうまく行きました。例の行き先を書いたし、切符を買う時に渡す紙の準備もばっちりしていました。実習生も今度は安心して切符の購入の様子を見てくださっていたようです。

私の乗る予定の列車は「平戸号」といって長崎を出発し、佐世保、平戸口を通り、博多まで行くものです。都合よくこの列車は私の家から最寄りの駅である江迎《えむかえ》駅にも停車し、諫早からは乗り換えなしで江迎駅まで行けるのです。

ところでこの列車に乗るためには一つ向こうのホームに渡らなければなりません。諫早駅の場合、地下道を通って渡るようになっていました。切符を買って時間はまだあったのですが、余裕を持って向こう側のホームに渡っておこうと思い、改札口の方に歩いていくと、一人の駅員さんが近づいてきました。そして「地下道を通って渡るのは大変だから手伝いましょう」とおっしゃるのです。その時はこれまで思いに思って訓練をしてきたのですから、せっかくの申し出だったのですが、お断りしました。そしてそのまま改札口に行って切符を提出し、地下道に向かいました。

切符は購入した時に例の保険証などを入れておくビニール製の入れ物に入れてもらっていましたから、提出する時もしわくちゃになることもなく渡すことができました。一つひとつの動作が私にとっては難関なのですが、こううまくことが運ぶとやはりうれしいものです。地下道も気分良く降りて行くことができました。向こう側のホームに出ると、列車が来るまでにはまだ一〇分ほど、時間がありました。それで近くにあったベンチに座って待つことにしました。ベンチに座って初めて一息つけたという感じです。それまでやはり緊張していたのでしょう。周囲の様子は目に入らないという感じで、そこに座って周囲を見回した時初めてその景色が目に入ってきました。そこはまさしく駅でした。

やがて後から来られると言われていた訓練の先生が来られて、まもなく私の乗る列車が目の前に入って来ました。列車はちょうど私たちの前で止まり、私はそこから乗り込みました。ちょうどドアの先に水平に設置された手すりがありましたので、そこをつかんで乗り込んだと思います。

列車に乗ってしまうと、今度は客室へのドアがあります。そこを開けると、ちょうどその横に、進行方向と逆むきに二人がけの席がありました。その前はまた同じ方向の席です。つまり相席の状態ではない席でした。どうせ一人だし、相席にならない方が気も使わないでいいだろうと思い、そこに席をとりました。これで万事ＯＫです。後は勝手に列車が江迎駅まで運んでくれるので、よほどのことが無い限りトラブルの起こることはありません。先生たちはそこまで見届けてから列車を降りて行かれました。

やがて発車のベルが鳴り、列車は出発しました。先生たちが手を振って見送ってくださっているので、私もそれに応えて手を振りました。その時は別にどうもなかったのですが、先生たちの姿が視界から消えたため、手を振るのをやめ、改めて自分のおかれた状況を考え直しました。するとこの列車の中にはだれ一人自分のことを知っている人はいなくて、完全に一人だということで心細くなってきました。

こういう状況におかれたのは正直言って生まれて初めてです。それまではどこに行くにも親や、先生、あるいは自分より障害の軽い友達といった、いざという時に頼れる人がそばにいてくれました。ところが今はそうではありません。そう考えると無性に不安になり、緊張が強くなりました。

さらにそれに追い撃ちをかけるように、列車の警笛《けいてき》の音が緊張を強くさせます。前にも書いたのですが、私は大きな音が苦手です。特に静かな所でいきなり鳴る汽笛のような大きな音が苦手で、その音で普通の人の何倍もびっくりさせられてしまうのです。列車がちょうど待ってる私たちの前で止まったのが運のつき、私はもっとも警笛のよく聞こえる特等席に座ったわけです。トンネルなどのたびに鳴らされる警笛にびっくりさせられながらしばらくは過ごしました。でもいつまでもそういう状況にあったのでは身がもちません。幸い、一〇分ほどたった大村あたりでしょうか、列車の警笛の音にも慣れ、気持ちの方も落ちつき、緊張もほぐれてふだんの状態に戻ることができました。

下車する江迎《えむかえ》までの所要時間は二時間半です。その間、私は車窓の風景をずっと見ながら過ごしていました。警笛の音は苦手ですが、線路の繋《つな》ぎ目で鳴るゴトンゴトンというリズムカルな音を聞きながら車窓の風景を見ていると、いつまでたっても飽きません。

列車が佐世保を過ぎたころでしょうか、急に眠気が襲ってきました。ちょうど半分を過ぎたころで、列車にも慣れ、気分的にもリラックスしてきたからでしょう。でもここで眠ってしまって江迎で降りそこなっては大変です。眠らないように我慢しながら江迎駅に着くのを待っていました。江迎駅には母が迎えに来てくれる手筈になっていたので、それほど心配はしていませんでした。

やがて列車は江迎駅に着きました。私は少しでも早く降りられるようにと列車が完全に止まってしまう前に立ち上がって、さっき乗って来た昇降口の方に手すりをつたって歩いて行き始めていました。そして昇降口の前で列車の止まるのを待っていたのです。列車の停車するちょっと前に昇降口の窓から母の待ってる姿が目に入り、安心しました。

さて、これからが本番です。訓練室の階段で何度も模擬練習をした成果を試す時がきました。まず停車と同時に昇降口のドアを開けました。それまで各駅で人が乗り降りする様子を見てきたのですが、どうもそのドアは自動で開かないようでした。ですから江迎駅では自分で開けなくてはいけないだろうと思っていましたが、開けるのは、実際それほど難しくはありませんでした。ノブも握りやすく、そこをもって引くだけで開きました。ドアを開き、降りたあと、自分の考えでは松葉杖を抱えて安全な場所まで独歩で避難し、そこでゆっくりと松葉杖を握るつもりでいました。

ところがホームとステップとの段差の大きさに驚いて手伝ってくれた母は、その場で松葉杖を持たせようとするのです。私は慌てました。そんなこと構わず列車から離れるために歩けばいいのですが、杖を持たせようとしてくれている母が正面に立ってるためそうもいきません。かといって説明しようにも慌てているのと、緊張しているのとでうまく言葉が出ません。

そうこうしてる間に列車の発車時刻がきました。駅員さんからも危険だから列車から離れるように言われたのですが、それができないのです。結局、そのままの状態で列車は走りだしました。その時の恐怖といったらありませんでした。すこしでも後ろに傾こうものならたちまち列車に巻き込まれてしまうでしょう。列車が過ぎてしまうまで、本当に死にものぐるいでそのままの姿勢を保っていました。

列車が行ってしまって、ふと気がつくと、父もカメラを持って来てくれていて、その時の様子をばっちり写真にとられていました。列車が行ってしまうと、安心したためか松葉

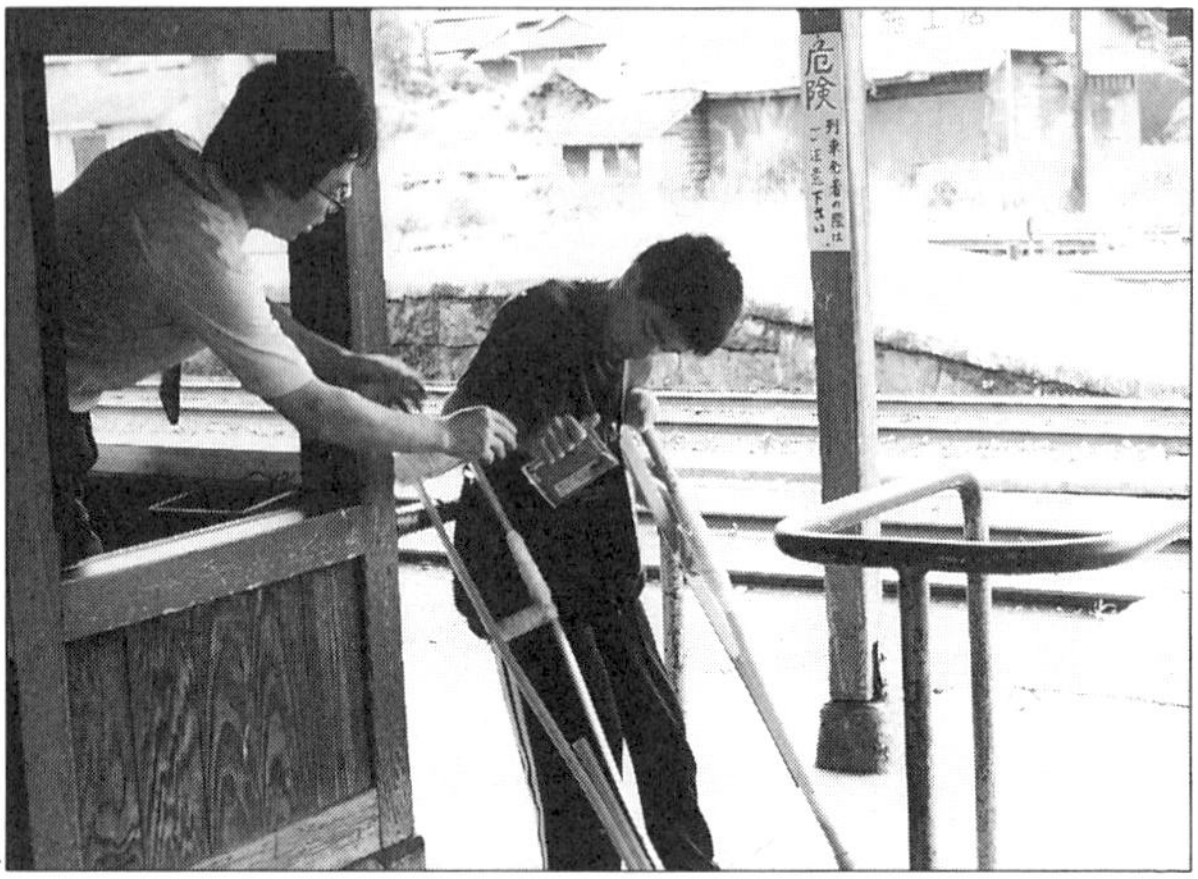

▲駅員さんに切符を渡し、無事改札を出る。

杖はすんなりと握ることができました。もっと早くこんなふうに握ることができていたら、あんな恐怖は味合わなくてすんだものを…。

それから私は松葉杖をついて改札口に行きました。そこでももたもたしながら、例の切符の入った入れ物をバックから取り出して、駅員さんに渡しました。近くで母は「訓練なので…」とすまなそうに駅員さんに言いながら見守っていてくれました。駅員さんはきっと、介助してやればいいのにと思ったことでしょう。

駅を出て、家の車に乗った後、やっと本当に終わったという気持ちになりました。完全とは言えないけれど無事にこうして帰ってこれたのですから、やはりやり遂げたことで興奮気味です。家までの約十五分の間、この帰省《きせい》に関してのことをいろいろと話しました。

母は昨夜はどうなるのか心配で一睡もできなかったことや、まさか一人で帰って来られるなんて思ってもいなかったとかいうことを。小学生のころから時どき一人で家に帰って来た夢を見たということを聞かされていて、母もどんなにこの日のことを夢見ていたことかよくわかっていましたから、そんなことを話しているとなおさら熱いものが込み上げてきました。母はいつからか涙声になっていました。私もすごく感動して涙ぐんでいたのですが、そんな所を見られるのはあまり好きではないので、ずっと窓の外を見つめていました。

残念ながらそれからは一度も一人旅の機会はないのですが、それだけにこの時の単独帰省と、それに至るまでの特訓のことは、私にとってすごく貴重な体験と、忘れられない思い出になっています。

※「わたぼうし大賞」受賞

この入園中、もう一つ忘れられないことがありました。退園の三カ月前のことです。指導員の先生から「今度、わたぼうしコンサートがあるから君たちも応募してみないか」という話がありました。実際はもう少し強制的だったように思います。それで私と、後で入園してこられた訓練仲間のＭさんと二人で応募のための詩を書いたのです。

わたぼうしコンサートというのは、障害者が書いた詩にボランティアの方たちが曲をつけて披露《ひろう》するというものです。奈良県が最初に始めたそうで、それが全国に広がり、長崎では私が中学校に入学した年に行なわれました。私はそれまで二度、応募したことがあったのですが、いずれも落選で曲をつけられるまでにはいたりませんでした。私はそもそも詩を書くというのが苦手で、自分の気持ちを素直に表現できないのです。一方Mさんの方も過去に何度か応募されており、確か二度目の時でしょうか、詩に曲がつき、大きな舞台で発表されて、さらには「わたぼうし大賞」まで受賞された経験の持ち主でした。

ところで、長崎でのわたぼうしコンサートはその年で最後という話が耳に入ってきました。応募はしないものの毎年テレビで放送されるのを楽しみにしていましたから、なぜ終わるのだろうと、ずいぶんがっかりしたものです。また、逆にそのことで気合いが入り、最後にいいものを書いて…と思いました。

でもいざ書くとなると、何か良い題材が無くては書けません。思えば、これまでもこの題材選びで失敗していたように思います。今の自分の気持ちをすなおに表現できるような題材でなければ良いものは書けません。期間は結構あったため、私は二週間ほど、あれこれと考えていました。そんな折、弟が出場する高校総体が長崎であり、これが彼の高校最後の走りとなるため、母と一緒に見に行くことになりました。

実は高校総体に行くまでに、前日の開会式の様子を目にして「弟は最後の高校総体にどんな気持ちで参加しているのだろう」などと思うと、一人で感じ入り、今度の詩にはこのことを書こうと心に決めていたのです。

　弟は一〇〇メートル走に出ることになっていました。競技場に着くと、まもなく始まる一〇〇メートル走のために、選手たちは準備にかかっていました。私が応援のために行ったところはちょうどスタートラインの真後ろでした。走るフォームを見るのにはあまり適した場所とはいいがたいのですが、車椅子ですから仕方ありません。母は写真を撮りたいからと言って、走っているところを真横から撮れる場所に行きました。

　私は一人で弟の様子を見ながらスタートの時を待っていました。そして、いよいよ弟がスタートする番がきました。私もいよいよだと思うと緊張します。弟はスタートに向かう途中、ちょっとこっちを振り返って、苦笑いしました。どんな気持ちでそういうしぐさをしたのかよくわかるだけに、すごくうれしかったです。きっとあまり期待するなと言いたかったのでしょう。私もそれに応えて大きな声で「がんばれ！」っと言いたい強い衝動にかられたのですが、周囲の目が気になってどうしてもできませんでした。それでそういう気持ちを込めてうなづいてやりました。

　まもなくスタートのピストルが鳴り、弟の最後のランニングがスタートしました。私はその一部始終を見届けようと、必死でその背中を追っていました。結局レースの結果はそれほど良いものではなかったのですが、弟の雄姿《ゆうし》を見られただけでとても満足でした。

療育園に帰って、その感動を忘れないうちにと思い、さっそくペンを取りました。すると、これまで詩を書くとなると、必死で言葉を絞りだすようにしてしか書けなかったのが、その時は信じられないくらいすらすらと書けるのです。ドラマなどでそれまで苦しんでいた作家が、あることがきっかけでヒントをつかみ、一気に書き上げてしまうという、まさにそれと同じでした。結局、一時間足らずで書き上げてしまいました。

私の詩は、順調にわたぼうしコンサートの選考に残っていきました。そして結局、曲をつけて発表されることになったのです。正直少しは自信があったのですが、いざ決まってみるとさすがにうれしかったものです。

ところがここにきて一つ大きな問題が起こりました。わたぼうしコンサートのある日がちょうど私のスクーリングのまっただ中なのです。コンサートにはその詩を書いた本人も舞台に上がっていろいろ紹介されたりするのが恒例となっています。ですから私にも実行委員の方から、ぜひ当日は出席して欲しい、という連絡が何度もありました。でもその日はちょうど、試験の日でもあり、それを受けないことには単位がもらえず、何のためにスクーリングに行ってるのか意味が無くなります。試験がすんですぐに飛行機で長崎に帰れたとしても、翌日は後半の講義の第一日目、どうしてもそれには間に合いません。

コンサートへの出席は残念ながら無理という結論になり、きっぱりと断ることにしました。そして私の代わりに友人として一緒に応募したMさんに出席してもらうことにしたのです。内心では弟が行ってくれることを少し期待していたのですが、やはりそういう場に出るのは恥ずかしいということで、その希望はかないませんでした。

コンサートでいったいどんな曲がつけられたのか、私は気が気ではありませんでした。スクーリングに行く数日前、ようやくわたぼうしコンサートの実行委員会の方から連絡があり、インタビューをするということになりました。それでスクーリングに行く三日前に長崎放送まで行きました。そこで私へのインタビューをテープにとっておき、当日コンサートの時に流そうという計画だったようです。

でも私には重度の言語障害があります。果たしてうまく話せるかずいぶん心配でした。実際、私がその場にいてインタビューを受けるのでしたら、身ぶりや表情で言葉を幾分かカバーできるでしょうし、必要と感じられたら通訳もしてもらえるでしょう。でも、テープに録音するとなると、そういうことは期待できません。そのことも相談してみたのですが、その辺はこっちでうまくやるということで話は進められました。

インタビューで、一つだけ覚えてるのは将来のことを聞かれたことです。「今、仏教大学の通信教育を受けているそうですが、その後どうするのか?」という質問でした。当時、私の頭の中は、これから始まるスクーリングのことと同時に、のめり込みつつあるパソコンのことでいっぱいでした。ですからその質問に対しても、はっきりと「今、パソコンの勉強をしていて、将来はそれを生かしてコンピュータ関係の仕事に就きたいと思っている」と答えました。その後、私の曲を聴かせてもらえるのだろうと、期待していたのですが、残念ながらその日も聴かせてもらえませんでした。そういうわけでとうとう、私は曲を聴かないままスクーリングに行ったのでした。

コンサートの結果がわかったのはスクーリングがすんで、奈良の母の実家に帰って、家に電話をした時です。ちょうど、その昼、わたぼうしコンサートがテレビで放送されているので、父も結果を知っているはずでした。電話の前の私はコンサート本番のように胸がドキドキしていました。そしてやがて父が電話に出て、なにはさておき、コンサートのことを聞いてみました。すると、「ちょっと待て」と言って、ビデオの操作を始めました。

まもなく受話器の向こうからコンサートの様子が聞こえてきました。最初はてっきり私の曲の部分を聞かせてくれるのだろうと思っていたのですが、聞いていると、どうやらそうではないようです。「わたぼうし大賞は…」という声が聞こえてきました。私は「まさか!」と、思いながら、その続きを注意深く聞いていると、私の名前が呼ばれているのです。なんと、私の書いた詩が「わたぼうし大賞」になっていたのです。大賞をとれるなんて全く思っていなかったので、驚きで思わず声を上げてしまいました。

私の驚きの声を聞いて受話器を持ってくれていた母が何事かと思い、私に聞きました。でもうれしさと驚きで興奮気味の私ですから言葉になりません。仕方がないので受話器の向こうの父に聞いていました。すると、父はまたさっきと同じように、ビデオを巻き戻してその部分を母に聞かせていました。すると、やはり母も「え？」っという驚きの声をあげました。そして私以上に喜んでくれていました。

ようやく自分の作った歌を聴けたのはそれから二日後、家に帰ってからでした。帰宅後、すぐにビデオに飛びつきスイッチを入れました。

私の歌は三人の男女の人たちで歌われていました。曲はうまく表現できませんが、ハイテンポで明るい曲でした。メロディーも覚えやすく、私はすごく気に入りました。三人の歌もすごくうまくて、自分で言うのも何ですが、ほれぼれしてしまいました。一度聴いただけでは飽きたらず、何度も何度も繰り返し聴いたことはいうまでもありません。

しばらくして、今度は電話で父に聞かせてもらった大賞の発表の所を見てみました。発表を待つ入賞者たちの緊張した顔が映り、その後、私の名前が呼ばれました。その瞬間、私の代わりに出場してくださっていたMさんのアップが画面に映りました。Mさんは私の名前が呼ばれた瞬間、自分のことのように、ものすごいガッツポーズをしてくださったのです。もう結果はわかってますから私はそれほど緊張することなく、テレビの画面を見ていました。しかし、それを見た途端、私の胸に熱いものがこみ上げてきて、何も言えなくなりました。言うまでもありませんが、それは大賞をとったからということではなく、本当に自分のことのように喜んでくださったMさんのガッツポーズがものすごくうれしかったからです。Mさんはだいぶ年上でこんなことを言うのも悪いのですが、良い友達にめぐり会ったとつくづく思いました。その光景は今でも目にはっきりと焼きついています。

その時の詩は次のものです。私の最高傑作といっていいでしょう。

高体連

テレビで高体連の開会式が放送されている。
フィールドには何千人もの選手たち。
これは君にとって、最後の高体連。
青春の全てを、この三日間にかけて、君は臨む。
もし、体が許すなら今すぐにでも会場に行きたい。
君の姿は映らないけど、確かにこの中に君はいる。

君はぼくの弟だから、そう思うと胸が熱くなる。

とうとう高体連の陸上の競技場にやってきた。
トラックには男子一〇〇メートルの選手たち。
これは君にとって最後のランニング。
青春の全てをこのランニングにかけて、君はスタートへ。
途中、君は急に振り向き、僕にほほえんだ。
僕はただ座ったままでうなずくだけ。
やがて、スタートが鳴り、一二秒間を瞬《まばた》きすることを惜しみ
君のランニングを見ていた。

君の高体連は終わり、君は新しい目標へと歩き出す。
大学、就職、そして恋愛をして結婚へと…。
君はどんどん僕を追い越してゆく。
でも君は僕の弟だからそれがうれしい。

第3章　就職

実現した社会参加

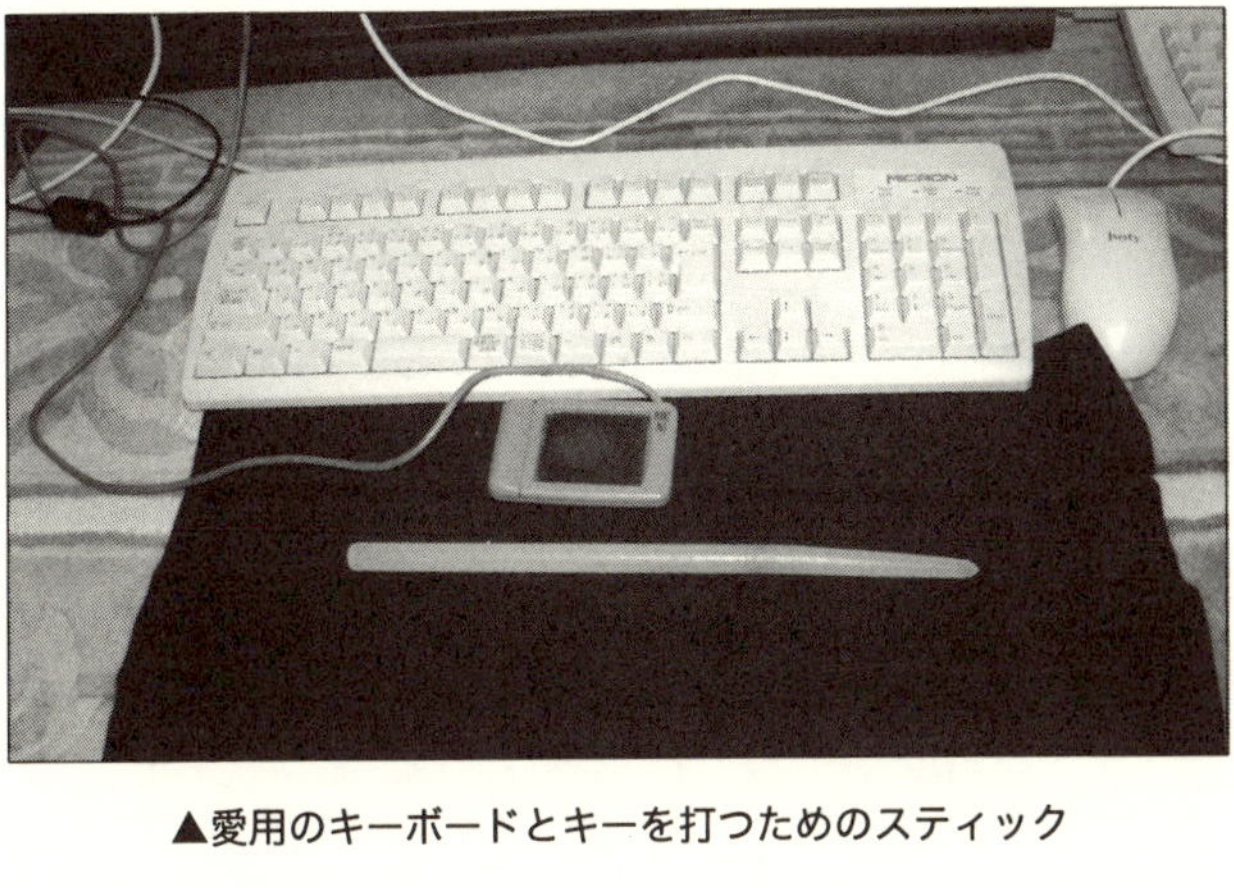

▲愛用のキーボードとキーを打つためのスティック

※待望のパソコン購入

単独帰省《きせい》から一週間後、私は療育園を退園しました。それから二週間後にスクーリングが始まるため、そのための予習もしておかなくてはいけないし、それがぎりぎりの所だったのです。

退園の前に、私の主治医で新しく園長になられた川口先生から両親に一つ話がありました。パソコンについての話です。退園間際まで、私は毎日のように二階の医局に行ってパソコンを触らせてもらっていました。おかげで最後のころにはＢＡＳＩＣ《ベイシック》という言語を大方マスターして、訓練の先生から診療報酬の計算プログラムを一本頼まれていました。

そんなことを川口先生もご存じだったからでしょう、私の両親に、「もう彼にはパソコンしかないから、これと同じパソコンを買ってあげてください」と話されたのです。川口先生はきっとその時パソコンで「何かができる」と思っておられたのでしょう。最初、それを聞いた時、両親はすごく驚いたようです。当時はまだパソコンも高値の花で、そこにある同じものを一式揃えるとなると百万近くしましたから…。

一方、私はその話を聞いた時、ワクワクしました。プログラミングもだいぶできるようになっていて、面白くてパソコンも当然欲しくてたまらなかったのです。そして私も将来就職に繋《つな》がるのではないかという手応えを少なからず感じていました。

でもどうやってパソコンを買ってくれるように切り出そうかと思っていた時のことですから、これ幸いにと、親にパソコンを買ってくれるように頼んだことはいうまでもありません。両親はパソコンというのがどういうものなのか全然わからない状態ですから、ずいぶん戸惑っていたようです。でも母は、私が医局で一所懸命パソコンをしているということを知っていたので、自分も勉強しておこうと、町のパソコン教室に申し込みをしたりしてくれていました。残念ながら抽選で外されたそうです。

そのようにパソコンに対して理解しようと努力してくれていたこともあり、その場で買ってもらえることになったのです。正直、うれしかったです。そして購入の時期は八月の中旬、つまり私がスクーリングに行って帰って来る前に納品しておいてもらうということになりました。先生から頼まれていたソフトを九月の上旬に仕上げると約束していたこともありますが、それよりも帰って来たら、すぐにでもパソコンを触りたかったというのが本音でした。それだけもうどっぷりとパソコンにはまり込んでいたということです。

退園してきてからの私の生活はそれまでとは一変しました。その原因はもちろんパソコンです。まず療育園を退園してすぐに二度目のスクーリングに行きました。スクーリングでは昨年の私を知っている人たちが、席の移動時に私がすっと立ちあがったのを見て、ずいぶんびっくりされていました。昨年までは足のかかとがちゃんとつかなくて自分の身体も支えられず、机にしがみつくようにして椅子に移っていたのですが、手術のおかげで立った時も背筋がまっすぐに伸ばせたため、昨年までとは見違えるようだ、とみんなに言われました。手術をしたおかげでスクーリングの移動もずいぶん楽にできました。

そんな二度目のスクーリングから帰ってきた翌日、待望のパソコンがわが家にやってきました。といっても、購入するのは園にあったのと同じＰＣ‐９８０１Ｆ２の予定だったのですが、それがもう製造停止になっていたため、新製品のＰＣ‐９８０１ＶＭ２という機種を買うようにしていました。でも約束していた日にはまだ入荷されておらず、そのお店にあった、園のと同じ９８０１Ｆ２という機械を貸してもらいました。先生に頼まれたものを作らないといけないということを話すと、入荷するまでの間、店のを使っていてい、と快く言ってくださったのです。

※パソコンに熱中する日々

パソコンが設置されてから、すぐにプログラミングに入りました。やはり家でやるプログラミングはこれまで園でやっていたのとは全然違います。まず第一に時間を気にしないで良いということが大きな違いです。園にいたころは食事の時間や消灯の時間を常に気にしていないといけませんでした。私にとってプログラミングは、それまでこれほど熱中できるものがあったのか、と思うほど集中できるもので、やっていると本当に信じられないくらい時間の経つのが早いのです。逆に言えばそれだけパソコンの操作に時間がかかっていたのかも知れませんが、ちょっとしたことをするだけでも一〇分や二〇分、経ってしまうのです。

夢中になると食事の時間にくい込むこともよくあります。パソコンの置いてあるところは、食事をするところのすぐそばです。ですから食事だと呼ばれたらすぐに行けば問題ないのですが、それがなかなかできないのです。もう少しで一つの区切りというところをやっていると、呼ばれてもついつい「もうちょっと、もうちょっと」と言って、そこまでやろうとします。そしてそんな時に限って、そこまでやるのに結構時間がかかってしまうのです。最初のうちは食事も待っていてくれるのですが、そのうち、「いい加減にしろ」ということになり、しぶしぶ中断して、食事に行くということもよくありました。でもプログラミングはそれほど私にとって面白くてたまらないものだったのです。

何がそんなに面白いのか、改めて考えてみたことがあります。その理由は自分の考えたとおり、自由に作れるということです。それまでもプラモデルとか工作といったものが好きでした。ただし自分一人でできないから、弟や友達に作ってもらっていたということは

▲スティックを使い、キーボードを打つ

前に書きました。

　でも、パソコンのプログラミングは違います。一から一〇までの全てを自分でできるのです。私はスティックでキーボードを打って入力しているのですが、そういうことは全然関係なく、そうやって作ったものでも、健常者が作ったものでも、全然変わらないものになるのです。

　要はプログラミングの技術の問題です。そのことも最大の魅力でした。しかも凝《こ》れば凝るほどいいものができるということもあって、作ることの好きな私にとって、これほど面白いものはありませんでした。それに作ったものは他人に使ってもらえるということもあって、いっそう、そのプログラミングにも力が入ります。考えてみると、自分が人のために作ってあげられるということはこれが初めてのことです。

　先生に頼まれたプログラムは、はっきりとこういうものを作って欲しいと細かく注文されたわけではありませんから、どういう画面でどういうふうにして使ってもらうかということから考えることになります。どうやれば使いやすくなるだろうかとか、それを実現するためにプログラムを書き出すと、どんどん熱中してしまって、食事も忘れるということになるのです。

※最初のプログラミング

そうして、先生から頼まれていた保険点数の集計プログラムを毎日、作っていました。持っていく約束の日の数日前には自分の９８０１ＶＭ２も納品されて、ますますプログラミングに熱中していきました。そのプログラムも、なんとか約束の日に間にあって、持っていくことができました。

現在もそうですが、プログラムを作るということで一番好きな時は、できたものをその人に見てもらう時です。自分なりにその人の立場に立って、こういう機能を作ったらいいだろうと考えながら作っていくわけです。ですから、ついついその人の予想外のものまで作ってしまうということもよくあります。それらを一つひとつ説明して、その人が驚いたり喜んだりする様子を見るのがとても好きな瞬間なのです。

その時もそうでした。自分の作ったソフトを先生に見てもらうと、すごく喜んでくださいます。「そんなグラフも出るのか！」と驚かれたりして、とてもうれしかったものです。考えてみれば、この時が最初のプログラミングをやっていて、得られた感動でした。それまでは人からしてもらうばかりの自分だったのですが、自分も人に対してやってあげられることがあったと思うと、無性にうれしくなるのです。

もちろん、プログラミング自体も私は好きで、おそらくそれだけでもずっとソフトづくりはやっていたと思うのですが、このような人に喜んでもらえるという喜びが、今も私をプログラミングに駆り立てる一番の要因だと思います。

※レポート作成にもパソコンの威力

プログラムを先生に納めた翌日から、私にとって普通の生活が始まりました。というより、普通の生活を始めなければならなくなったと言った方がいいでしょう。それまでは先生に頼まれていたからという理由をつけながら、自分の好きなプログラミングを時間も忘れて朝から晩までやっていました。でも本当は、私はそんなことばかりやっていられる身分ではないのです。

手術のために約一年間、入園していたため、大学の通信教育のほうがずいぶん遅れていました。ただでさえ毎日、きちんと勉強をしないといけないのに、そうやって遅れている私はなおのことです。でもどちらかというと大学の勉強よりは、はるかにプログラミングの方が面白くて楽しいため、いろいろ自分で理由をつけながら納めるまではプログラミングばかりをやっていたのです。でもさすがにそのころになると、大学の勉強もしなくてはいけないという義務感が徐々に強くなってきました。こんなことばかりしていると卒業ができないということにもなりかねません。

それで自分なりに一日の計画を立てました。午前中はどんなにプログラミングをやりたくても、絶対にしないで、大学の勉強をやる。そのかわり午後からは思う存分、パソコンで好きなことをやろうというものでした。

この計画は結構いいものでした。午前中はパソコンを横目で見ながら黙々と大学のテキストを読むのです。小難しいことがいろいろと書いてある時などは、目で一応は活字を追って心の中で声を上げて読んではいるのですが、その一方で、脳の一部でプログラミングのことをつい、考えているということもよくありました。そのたびに、我に返って、こんなことではいかん、と自分に言い聞かせて気持ちをテキストの方に向かわせるのです。その時、思いっきりパソコンに向かえたらどんなに気持ちがいいだろうと思いながら、「午後からは思う存分、さわらせてやるから」と、自分に言い聞かせて…。そして午後になると、自分への褒美《ほうび》のつもりで、思いっきりパソコンでのプログラミングに没頭するのでした。

ところで、通信教育をする上でも、購入したパソコンは非常に威力を発揮しました。それはレポート作成の時です。一応、購入する前からもレポート作成にパソコンが役に立つだろうと思っていたのですが、その通りでした。

前にも書いたと思いますが、はっきり言って通信教育はレポートばかりです。四単位当たり、八枚のレポートを二つ作って大学に提出しなくてはなりません。順調に卒業しようと思うなら、それをひと月に一度のペースで書かなければならないので結構大変なものです。それまではテキストを一通り読んだ後、レポートの設問に対する答えをただひたすらノートにボールペンで書いていきます。でも原稿用紙八枚分となると、私の筆記速度では相当な時間がかかります。それにその字の大きさもまちまちですから、果たしてどのくらいの量を書いたかもわかりません。

それで一通り書き終えた後は母に頼んで、四百字詰め原稿用紙に写してもらいます。それを見ながらタイプライターで規定のレポート用紙に清書するのです。こんな手順ですから、ただでさえ時間がかかるのに、なおさら人より遅くなってしまいます。

でも、パソコンを使うことで、清書までの時間が非常に短縮できるようになりました。まず、私の筆記速度とキーボードで文字を打ち込む速度と比較した場合、格段にキーボードでの方が速いからです。

次に、ワープロでレポートを書くと、字数も一目でわかります。それまで母に頼んでいた原稿用紙への移植作業も必要なくなりました。ワープロで打ったレポートをプリンタで打ち出して、それを見ながらタイプライターで清書すればいいのです。清書もワープロが使えれば助かったのですが、大学の事務局の方で許可されていませんでした。それで仕方なくタイプライターで清書をしていたわけです。これが結構大変なことでした。

普通、レポートは一科目につき二つ提出しなくてはいけません。レポート用紙にして一六枚です。それをただ写していくだけなのですが、平均で三日を要していました。時どき期限ぎりぎりになって、一日で仕上げることもありましたが、そういう時は指にまめとかができたりして大変でした。こういう時ワープロでそのまま出せたらどんなに楽だろうかと、思ったものです。それでもパソコンがないのとあるのとでは、レポート作成にかかる時間は以前よりずいぶん短くなったのでした。

※囲碁対局用のプログラムを完成

午前中のレポート作成が終わると、午後にはスパッと頭を切り替えて、自分の好きなプログラミングをやりました。この切替があったから挫折もすることなく通信教育を続けられたのかもしれません。

そのころ、プログラミングと言えば、本当にいろいろなものを作りました。まず作ったのは囲碁の対局用のプログラムです。当時、よく近所のおじさんと囲碁をしていました。だいぶ年輩の方だったのですが、当時の私にとっては数少ない地元でいろいろ話などができる人でした。そのおじさんの家に連れて行ってもらったり、また逆に家に来ていただいたりして囲碁を楽しんでいたわけですが、養護学校時代のところで書いたように、私はうまく碁石が置けません。最初の碁盤に置かれた石が少ないうちは何とか自分でも石を打つのですが、それが込み入ってくると、もうお手上げ状態です。下手に置こうものならぐしゃぐしゃになってしまいます。それで、これをコンピュータでできないものかと考えたわけです。

いつものことながら作る目標ができると、すごくはまりこんでプログラミングをします。今回は特に自分が使うものということもあって、自由に作れるため、そのはまりこみ具合は療育園の先生に頼まれたものよりはいっそう強いものでした。画面のレイアウトに凝ってみたり、最初からの再現ができるようにしてみたりと、私の思いつく機能はなんでも作ってみました。それらの考えた機能がプログラムを書くことで一つひとつ実現していきます。そのことがとてもうれしくて、またプログラミングにはまりこんでいくのです。

やがて囲碁のプログラムは完成し、それからというもの、囲碁は私の家でパソコンでするようになりました。相手になってくださっていたおじさんも、すぐにパソコンの操作に慣れて、思っていた以上に楽しむことができました。自分の作ったプログラムを使って囲碁を打っていると、時どき無性にうれしくなることがありました。うまく言えませんが、それは自分の作ったプログラムが「使えている」という実感からなのでしょう。

その囲碁のほかには四倍角を印刷できるようにしたハガキ用のワープロとか、住所録、あるいは三次元のグラフィックに興味を持ち、自分の思う図形を三次元の図形として表示させたり、動かしたりできるようにするものなど、いろんなものを作ったものです。

自分でいうのもなんですが、これらのプログラムを一つひとつ作るごとに、私のプログラミングの技術も上達していきました。プログラミング言語も最初はＢＡＳＩＣ《ベイシック》だったのですが、アセンブリ言語やＣ言語も覚えていきました。現在はＯＳもＷＩＮＤＯＷＳになり、主にＣ＋＋《シープラスプラス》という言語を使ってプログラムを作っています。

ところがそうやってプログラミングが上達していくのと裏腹に、一つ欲求不満のようなものが出てきたのです。プログラミングで新しいことがわかったり、自分でも驚くようなことができたりすると、そのことを自分の中だけに納めておくのではなく、「こんなことができたよ」というように、そのことを無性に誰かに伝えたくなります。特に良いソフトができたりした時は誰かに見てもらいたいものです。誰だってそうだと思います。

しかし当時、そういうことを聞いてもらえる人が私の近くにはいませんでした。ですからそういう欲求がだいぶ溜まっていたと思います。時どきうれしくて両親に画面を見せたり、説明したりするのですが、内容が難しかったりして話になりません。趣味というのは同じ趣味を持ってる仲間でいろいろと話ができるからまた良いわけで、それができないとなると、つまらないものです。誰かに話を聞いてもらいたい。当時の私はよくそう思っていたものです。

一方、そのころ『Oh!《オー》 PC《ピーシー》』という雑誌を購読していて、その中に自分の作ったプログラムを投稿するコーナーがありました。私はそれに四度、オリジナルのプログラムを送りました。これが私の一つの楽しみになっていたのです。

送った後の本が出るのがすごく待ち遠しいものでした。わくわくしながらその本の投稿のページを見ると、私の名前がバッチリ載っていました。その時の喜びと言えば、本当にすごいものでした。その欄には数行ですが、ちゃんとプログラムの評価も書いてあります。あまりのうれしさに、その数行を何度読んだことでしょう。

特に最初投稿したプログラムは、「もう一歩で金賞」と書いてあったため、その喜びもいっそうでした。それからというもの、金賞を一つの目標にプログラムを作るようになりました。

結局、四度投稿したうちの三度、いずれも佳作だったのですが、その本に名前を載せてもらいました。そのうちの最後のものがBASIC上で動く、プログラミング用のエディタで、SHIFT《シフト》キーを一切使わなくてもプログラムが書けるというものでした。当時やはりSHIFTキーにずいぶん悩まされていましたから、何とか楽にできるようにならないものかと思って作ったものです。このソフトは投稿もしましたが、自分でもよく使いました。ただ、他人に使ってもらえるほど良いものではなく、人にあげたりはしませんでしたが…。

※ワープロ入力のボランティア

パソコンはもう一つ、私に新たな喜びを与えてくれました。私の住んでいる地区は二六〇戸の世帯数で都会に比べれば狭い地域です。母も地域婦人会の役員をしていました。婦人会などでは定期的に回覧する文書などがよくあります。それまでどうしていたのか興味もなかったのですが、私がパソコンを使うようになると、母はそれらの文書を私に打たせてくれるようになりました。母はパソコンのプログラミングとかに関しては全然知識もなくて、私がしていることもよくわからなかったようです。でもパソコンとワープロソフトを使って文書を作れるということはわかっていたため、それを利用して地域の文書などを私に作らせたいと思ったのです。

当時はパソコンはおろかワープロもほとんど普及していませんでした。そんな時に、きれいな文字で印刷された回覧板が回ってきたなら、「誰が、どうやって作ったのか？」という話題にならないはずがありません。すると、自然に「吉村さんの息子」ということになって、私のことも知ってもらえます。狭い地域のことですが、それで私の一つの社会参加になればと母が考えてくれたのです。次第に、「あそこに頼めば文書をワープロで作ってもらえる」ということをみんなに知ってもらえて、もしかしたら仕事にもつながるのではということを期待してくれていたのです。

私は正直言って、ワープロでの文章の入力はあまり好きではありません。自分で考えたものを頭から直接キーボードに入れていくのなら、そうでもないのですが、紙に書いてあるものを見て、それを入力するのが嫌いなのです。私はブラインドタッチはできませんから、キーボードを見ながら入力しなければなりません。ですから原稿に書いてあるものを読んで、それを頭に入れて、今度はキーボードに視線を移してそれを入力していきます。

ここまではまあ良いのですが、次に再度、視線を原稿のさっき読んだところに戻さなくてはいけません。私にとって、これが非常にわずらわしいのです。どこまで入力したのか、何かで印をつけられたら良いのですが、その作業も簡単にはできません。すると、視線を原稿に戻すたびに、その部分を探さなくてはならないということになります。そしてその原稿が込み入ったものになると、その時間も長くかかります。ですから自然とその作業を少なくするため、できるだけ長い文章を覚えて、一気に入力しようということになります。これがまた逆効果で、間違いが増えるということになるのです。こういうことからワープロ入力は今でもあまり好きではないのです。

でも、回覧板などを人から頼まれると俄然はりきってしまいます。それが多くの人に読まれるとなるとなおのことです。私は文章の入力は苦手だったのですが、喜んでその作業をさせてもらいました。前に言ったようにやはり間違いが多くなるため、校正作業には一番気を使いました。両親も手伝ってくれました。そして私の打った文書が回覧板に挟まって回ってきたのをしげしげと見て、うれしく思うのでした。

そんな母の思いが通じたのか、いろんな人から、回覧の文書や運動会のプログラムなどの入力をさせていただきました。もちろんほとんどが無償の奉仕活動のようなものでしたが、私もこの地域のために何かをしているという喜びは十分感じることができました。地区長さんなどから「にいちゃん、ありがとう」と言われたら、ただそれだけでうれしくなったものです。

※生まれて初めて稼いだお金

四月のはじめ突然、見知らぬ人から電話がかかってきました。ちょうど弟が高校を卒業して家にいて、その電話をとってくれました。聞けば、ワープロで文書を作ってほしい、とのことでした。おそらく地域の誰かからワープロをする者がいると聞かれたのでしょう。それだけでうれしくなり、即「ＯＫ」ということを弟に伝えてもらいました。

後で思えばその時、弟がいたから良かったものの、私一人だったら言葉が通じないので、この仕事がとれたかどうかわかりません。後で「ちょうどいてくれて良かった」と、何度も家族で話したものです。そしてこれが、私にとって生まれて初めての仕事になりました。でも、その時ははっきりと仕事になるとは思っていませんでした。ただ家族で「知らない人が電話をかけてまで頼んでこられるのだから、きっとこれは仕事になるかもしれへんな」と言っていた程度です。でも私はもう信じ込んで、喜びいっぱいでした。

それからまもなくして電話をされた方が来られました。さっそく仕事の話になり、原稿を見せてもらいました。Ａ４用紙に、五枚ほどだったと思います。びっしりと文字で埋まっています。聞くと、裁判所に提出する文書だそうです。最初のアルバイトにこんな難しいものをと、少しためらいもありましたが、そんなことは言ってはおられません。さっそく、翌日からその文書の入力にとりかかりました。

ちょうど、その日は弟が大学に行くための下宿に入る日で、家族全員で荷物等を持って行くことになっていました。私も以前から楽しみにしていたのですが、仕事が舞い込んできたので、仕方がありません。

それもその文書の量がこれまで私が一気に打ったことのない量で、果たしてどれだけの時間がかかるのかわかりませんでしたから、仕方なく私一人、家に残ってその文書を打つことにしました。いつものことながら、この入力も苦労しました。原稿の文書がぎっしり書いてあるだけに、いっそうこの時は時間がかかったように思います。

前にも書きましたが、キーボードで入力した後、視線を再度、原稿に戻した時に、ぎっしり書いてあればあるほど、いま打っているポイントを探すのに時間がかかるのです。さらには苛立ちの原因にもなります。あまりにもその作業がわずらわしいため、最初のうちは、今打っている行に本をあてがって印にしたりしていました。でも、そうすること自体、なおさら時間がかかり、次第にその作業もわずらわしくなり、やめてしまい、いつものように、一回一回、目でポイントを探すようになりました。

ところで、私はワープロはローマ字で入力するようにしています。パソコンを購入した直後は療育園で習っていたように「かな」で入力していたのですが、ある日、ローマ字入力というのはどういうものだろうと思い、試したのが始まりでした。実際やってみると、プログラムを組んでいたため、アルファベットのキーの位置は覚えています。ですから「かな」で入力するのと比べて、探す時間も極端に短く、思いの外、スムーズに入力ができるのです。

それにもう一つ、重大なことを発見しました。それはローマ字で入力することで、ほとんどＳＨＩＦＴ《シフト》キーを押さないで良いということです。「かな」で入力する時は、どうしても小さい「ゃ」や、「っ」などを入力する時や、句読点を入力する時には、ＳＨＩＦＴキーを押さないといけません。その度に、左手を棒から離して、ＳＨＩＦＴキーを押さえ、よく狙いを定めて目的のキーを棒で押すのです。この作業が私にとって大変です。それまで調子よく入力していたのが、その作業で、水をさされるといった形になるのです。ところが、ローマ字で入力すると、小さい文字は「Ｙ」を使うことで、難なく入力できてしまうし、句読点も、そのままで入力できるのです。このことを発見して以来、ローマ字でばかり入力するようになりました。

さて、仕事の方ですが、幸いにして家には私以外、誰もいなかったので、仕事にも集中できました。そして三日後、その仕事はようやく仕上がりました。入力することよりも間違いを探すのに非常に気を使いました。特に私の入力したものにはちょっとした入力ミスが多くて…。ですから最後のチェックには父も母も総動員で手伝ってもらいました。

そしてその翌日の夕方、仕事を依頼された人が、取りに来られました。正直言って、私はその時がすごく待ち遠しく思っていました。一応、仕事ということなので、お金をもらえることは確かです。そういう仕事はこれが初めてのことで、果たしていくらもらえるのだろうかと思うと、すごくわくわくしたものです。

その方が来られて、まず印刷した文書に目を通されました。その見る目はさすがに鋭くて、この間、何か間違いを指摘されはしないかと、ドキドキしていたものです。幸い、間違いはなくてひと安心でした。ただ、二カ所ほど字がわからないところがあり、そこを教えてもらい、その場ですぐに修正、印刷して、渡しました。それ以外はその方もよくできていると言ってすごく喜んでくださいました。

さて、いよいよ報酬《ほうしゅう》の話になりました。当時はまだ私の住んでいたところ付近では、このような仕事もあまりなくて、その方もいくら払えば良いかわからなかったようです。それで私たちにいくら支払えばよいか、逆に尋ねられました。

しかし、私たちもそんなことわかるはずがありません。またそんなことを決めるということも、できる立場ではないと思っていましたので、その人が良いと思うだけでいいと答えました。その方も困っておられたようでしたが、結局、全部で五千円いただきました。

これが二〇歳にして私が初めて稼いだお金です。その方が帰った後、しばらくうれしくて、その五枚の千円札をじっと眺めていました。

※徹夜で仕上げた仕事

初めての仕事がすみ、またこういう仕事があればいいなあと家族で話していた矢先、またもや仕事が舞い込んできました。それも今度はすごい仕事です。やはりワープロ入力の仕事で、量的にはそれほど変わらなかったのですが、何がすごいかというと、その期限がすごいのです。頼んでくださったのは近くの建設会社の方でした。

「仕事を頼みたいのですが」という一報が入ったのは、その日の夕方の六時ころです。聞くと、明日までに仕上げないといけないのに、自分たちだけじゃ間に合わないからということでした。そんなに短い期間で果たしてできるのだろうかと心配して、どのくらいの量かと聞くと、できる範囲でいいからということでした。せっかく頼んでくださったのだからということで、引き受けることにしました。

でも、時間が時間ですから不安でした。それからまもなく、原稿を持ってこられました。見てみると、枚数は結構あるものの、書いてある文字を見るとそんなに詰まっていません。できる範囲でいいからということだったのですが、最低でも持ってこられた分だけは仕上げなくては、と思っていましたから、これは何とかなるかな？　と内心思いました。何とかなるといっても、明日の朝までにはということです。つまりこの仕事には徹夜を覚悟でのぞみました。その方も、原稿を持ってきて帰る間際に、「今夜は一晩中会社にいますから」と言って帰って行かれました。

さて、それからすぐに仕事にとりかかりました。途中、食事をとったり、風呂に入ったりしましたが、それ以外はずっとキーボードを叩いていました。こんなに長時間、ぶっ続けでキーボードを叩いていたことはそれまでありませんでした。それに時間は夜中の二時三時。こんな時間まで起きて作業をしていたことも、過去に一度か二度しかありません。「草木も眠る丑三《うしみ》つ時」とはよく言ったもので、ふと気づくと、外は異様な静けさです。おかしなもので、昔から私はそういう時間になると、何か胸騒ぎがして仕方ないのです。また最後の方になると、座っている足も徐々に痛くなってきました。時どき、足を伸ばしたりしながら、続けました。そして何とか仕事を仕上げたのは四時ごろでした。その間中、母もべつにすることはないのですが、ずっと起きていてくれました。別にそのことについては何も言いませんでしたが、内心では本当に感謝しました。

翌日、その仕事を納めると、頼まれた方はすごく喜んでくださいました。長時間の作業ですごくきつかったのですが、そうやって喜んでもらえると、全然、苦にならないものです。この仕事は、働くことの厳しさを初めて教えてくれて、本当にやった甲斐のある仕事でした。

※パソコン通信との出会い

私の人生に大きな影響を与えることになるパソコン通信というものを初めて見たのは大学三回生の時でした。療育園から、大阪から講師を迎えて、コンピュータについての講演を行なうので出てくるようにという連絡がありました。好きなコンピュータについての講演ということで、すごく楽しみにしながら出席しました。

それまでは障害者の世界でどういうふうにコンピュータが活用されているのかほとんど知りませんでした。その時の講演ではスライドなどを使って、重度の障害者の人たちが実際、どのようにしてコンピュータを使っているのかを詳しく話されました。実際にそのためのパソコンとソフトも持ってこられていて、実演もなさいました。

実演したのは、スキャン入力という方法を使った、たった一つのスイッチを使って文章が入力できるというものでした。モニターにひらがなの五十音の表を表示し、カーソルが「あ・か・さ・た・な」と順番に自動で動きます。そして自分が入れたい文字のあるところでボタンを押すと、今度は、その段で「か・き・く・け・こ」というようにカーソルが動き、そこで自分の入れたい文字を決定する仕組みになっています。

それに使うスイッチをいろいろと改良することで瞬きで入力できるようになったり、息で入力できるようになったりするということを、たくさんのスライドを使って説明してくださいました。講演しておられる講師の先生は大阪でそういうものを実際に作っておられる方でした。

その時の講演は、当時、ＳＨＩＦＴキーなどの操作に不満を感じていた私にとって、とても興味深いもので、かつプログラミングに熱中していた私に大きな影響を与えたと思います。講演を聞きながら無性に自分もあんなにすごいソフトを、役に立つものを作りたいと思いました。これも後に完成させることになるＱＳＤやHearty《ハーティー》 Ladder《ラダー》の一つの布石になったことは間違いありません。とにかく私の創作意欲を駆り立てた講演でした。

さて、数時間の講演の後、講師の先生が音響カプラーという装置を持ってきておられて、「パソコン通信というもののデモンストレーションができるのだが」ということを言われました。当時、パソコン通信というものはＮＨＫの趣味講座で見ていただけで、実際に見たことはありませんでした。自分もやってみようと思っていただけに、パソコン通信には非常に興味を持っていました。

まさかその時に、パソコン通信を見られるなんて思っていなかった私は、先輩の一人といっしょに、ぜひ、そのパソコン通信を見せて欲しいとお願いしました。ちょうど、入園していたころにパソコンの手ほどきをしてくださったY先生もおられてそのデモンストレーションに賛成してくださいましたから、すぐに二階の医局に上がり、パソコン通信を見せていただけることになりました。

まず普通通り、黒電話で、あるところに電話をかけられました。そしてつながったのを確認して、その受話器を音響カプラーという受話器がちょうどかぽっとはめ込めるような装置にセットされました。するとまもなくコンピュータのディスプレイに相手先から送られてきた文字が表示され始めました。そこは大阪で、その先生が主催されているNET《ネット》でした。これが私が初めてパソコン通信というものを見た瞬間です。

先生はパソコンを操作しながらパソコン通信についていろいろと説明してくださいました。画面にあらわれるいろいろな人たちの書いた文章を見ると、詳しくは読めないのですが、所どころに出てくるジョークが目に止まりました。そして、先生自身、その場で一つ書き込みをされました。最後に先生もさりげないジョークを入れられました。私はそれまでパソコン通信はまじめなものと思っていたのですが、そんなジョークなども書けるパソコン通信にさらに興味がわいてきたのです。

※こんな世界があったのか！

それからまもなくして私がパソコン通信をはじめたことはいうまでもありません。入会したのは全国NETのPC-VANです。私は、まず障害者の人たちがたくさん集まっているグループに入ってみました。そこの掲示板を見ると、いろんな人たちがいろんな話をされていました。一番驚いたのは参加されている人たちの多さです。

当時、今のようにインターネットもなかったし、パソコン通信もしている人なんてほとんどいませんでした。私もこのころはじめてその存在を知り、まだそんなにやっている人もいないだろうと思いつつ始めたのでした。でも、もうすでにたくさんの人たちがコミュニケーションを楽しんでおられたのです。自分の知らない場所にこんな世界があったのか、とカルチャーショックでした。そこに書き込まれている内容も多岐にわたり、福祉機器の情報から旅行記、悩みの相談、それに世間話などもあって、本当に楽しそうな雰囲気でした。

さらに驚いたことには、私のような肢体不自由者だけではなく、目の不自由な人や耳の不自由な人たちもごく自然に話をしておられるのです。考えれば耳の悪い人はモニターが見れればコンピュータは使うことができます。後で知ったのですが、モニターに表示される文字を読み上げてくれる機械があって、そういうものを使うことで目の不自由な人もコンピュータを使うことができるのです。つまりパソコン通信の上ではハンディキャップはなくなるのです。

パソコン通信でやりとりされる情報はパソコンで打ち込んだ文字ですから、その文字は手の不自由な人が打ったものであれ、足を使って打ったものであれ、みんな同じなのです。ともすれば言葉がわかりにくいからと言って健常者の人に話しかけるのをついためらってしまうこともありますが、パソコン通信の上ではそういうことは一切ないのです。極端な話をすれば、私が障害者ということを自分で言わない限り、わからないという世界なのです。このことがわかって、私もパソコン通信の虜《とりこ》になりました。

一番最初にそのグループの掲示板に「はじめまして。長崎のよしむらです」とドキドキしながら書き込んだ瞬間の気持ちは今でも良く覚えています。数時間後、掲示板をのぞいてみると私の最初の書き込みに対して、ものすごい量の返事が書き込まれていました。どれもこれも私を歓迎してくださるものばかりで、一瞬にしてこんなに多くの人たちに自分の声が届いて、返事があったなんて、信じられないくらいにうれしい瞬間でした。私の人生が変わった瞬間かも知れません。それからというもの、私は毎日のように掲示板でそのグループの人たちといろんな話をしました。

パソコン通信のもう一つ優れていると思ったのは、パソコンの操作さえできればメールや掲示板への書き込みの作業の一連の過程を全て自分一人でできるというところです。手紙だとそうはいきません。たとえ、ワープロで文章を打てたとしても、その後、紙をセットして印刷したり、宛名を書いたり、最後にはポストに入れに行かないといけません。ここまでの作業を全部やるのは私たちにはちょっと不可能です。でもパソコン通信だと、自分の気持ちを相手に届けるまで全てを自分一人の力でできるのです。ですから人にはちょっと頼みにくいラブレターも、メールでなら人の目を気にすることなく、送れたりするのです。残念ながら私はまだラブメールは送ったことはありませんが…。

それまで周囲に友達が誰もいなくてさびしい思いをしていたり、時には欲求不満で母と些細なことで口喧嘩をしたりしていたのですが、パソコン通信を始めてからは全然そういうことがなくなりました。うれしいことがあると掲示板に書き、腹が立つことがあるとまた掲示板に書きます。すると読んでくれた人たちが「よかったね」とか言って声をかけてくれます。そんな些細な言葉のやりとりが、当時の私にとっては大きな救いだったのです。

※障害者を苦しめる二つのキー

パソコン通信は私の趣味だったプログラミングにも大きな影響を及ぼしました。それまでは自分でいろいろと作ったりしものの、見てもらう人といえば家族ぐらいしかいません。それに自分ではすごいと思って家族に見せても、それのどこがどうすごいのかわかってもらえないことも多く、心の中で悶々としていたことも多々ありました。

ところが、パソコン通信を始めてからは、自分が作ったソフトを公開すると、多くの人に使ってもらえるため、それがまた新たな喜びになったのです。それまでは人にしてもらうばかりの立場だったのですが、プログラムを作ることで、使ってくださった人たちからお礼のメールが届いたりして、私にとってはこの上ない喜びを得られるようになったのです。

最初に私が公開させてもらったプログラムは障害者の人たちが多く参加しているグループで、チャットをした時にその内容を記録しておいたものを公開するために整形するツールです。考えると、使う人は限られた人なので公開するほどのものでもなかったのですが、リーダーの方の強い勧めで公開させてもらいました。使ってくださる人の少ないプログラムで、反響もないだろうと思っていたのですが、そのプログラムを必要とされている方からは丁寧なお礼のメールが届いたり、さらに改良の要望が届いたりして、驚きました。そして、この世界の奥の深さを教えられました。

その次に公開させてもらったのが、私の自信作であるＱＳＤというソフトです。そのころパソコンにもずいぶん慣れて、キーボードの操作もかなり速くなっていました。ただやはり、ＳＨＩＦＴ《シフト》キーなどの同時に二つのキーを押すという動作が苦手で、その動作をするたびに、何とかならないものかと考えていたものです。

　そんなある日、当時購読していた雑誌の一つの記事に私の目が引き寄せられました。その記事というのは「キーボードバッファを大きくする」というプログラムの紹介でした。その内容をじっくり読んでみると、キーボードの入力データを受け取る部分をそっくり自分で作ってしまうというものだったのです。詳しいプログラムの説明はありませんでしたが、それを見た瞬間、私の胸は大きく高鳴りました。もしかするとこれを応用することで、今まで苦しめられていたＳＨＩＦＴキーなどの操作がソフトで何とかできるのではないかと…。

　高鳴る胸を押さえながらすぐに開発に着手しました。まず、標準のプログラムがどうなっているのか解析し、同じものを自分でも作り、それに自分の必要なものを付け加えていきました。作り始めて最初に喜びの声をあげた瞬間は、標準と同じものを作ってそこにＳＨＩＦＴキーを押す時に「ピッ」と音が鳴るようにしてみた時です。

　果たして自分が作ったものでキーボードの操作を受け取ることができるか半信半疑でした。ましてや使っていた言語も一番難しいと言われていたアセンブリ言語です。プログラムを実行しておそるおそるＳＨＩＦＴ《シフト》キーを押してみました。すると最初のうちは押した瞬間、コンピュータが動かなくなったりしたのですが、何度かの試行錯誤の末、自分が思い描いていたとおりの「ピッ」という音がコンピュータから聞こえたのです。この時はうれしくて思わずガッツポーズをしてしまいました。そしてこの時がＳＨＩＦＴキーをどうにかできると確信した瞬間でもありました。

※ついに完成した「ＱＳＤ」

それから三日間、大学の勉強もせずに、見たいテレビも見ずに、ご飯に何度も呼ばれても耳に入らず、親に叱られながら、パソコンに向かい続けました。思えばあの時ほど長い期間、プログラミングに集中したことはなかったと思います。一つひとつ自分の思い描いている機能が実現するのがうれしくて、夜は夢の中でもプログラムを作っていました。そして完成したのが通称「ＱＳＤ」というソフトです。

普通、小さい「っ」等を入力しようとする時、ＳＨＩＦＴキーを押しながら「っ」等を押さないといけませんが、このソフトを使うと、まずＳＨＩＦＴキーを一度ポンと押して「っ」等のキーを押しても良いというものです。そして「っ」のキーを押した直後にＳＨＩＦＴキーは解除されるというものです。これにより同時に二つのキーを押す必要がなくなりました。たったそれだけのことなのですが、私たち障害をもった者にとってはすごく大きいことなのです。

ＱＳＤができた時の喜びといったら、本当にすごいものでした。私もＳＨＩＦＴキーの悩みから解放されると同時に、どれだけ多くの人たちにも喜んでもらえるかと思うと…。私の先輩もＳＨＩＦＴキーは顎で押していると聞いていましたし、ＳＨＩＦＴキーを押す必要がある時は人に頼んでいるという方もいました。また以前の私のようにＳＨＩＦＴキーを押さえておくための器具を作ってもらって、それで押している方もおられました。それらの人たちがこのソフトを入れるだけで解決されるのですから、そう思うと喜びで身震いするほどでした。その一方でそんなすごいものを自分が作れたなんて信じられない、という気持ちもありました。

それからまもなくＱＳＤをＰＣ-ＶＡＮで無料で公開しました。実は周囲の人たちから特許を取ったらどうかとか、商品化したらとかいう話もありましたが、私自身もＳＨＩＦＴキーでは本当に苦しんできたことだし、これで私のような障害をもった人たちに喜んでもらえるならそれで十分にうれしいと思い、それに一日でも早く使ってもらいたかったし、無料で公開することにしたのです。

ＱＳＤというのは、ＳＨＩＦＴを簡単に使えるドライバという意味の「Quick Shift Driver」の略です。公開と同時にたくさんの方たちがダウンロードして使ってくださいました。反響も大きくて、その日のうちに「QSD」という通称がPC-VANの掲示板に並びました。「こんなソフトを待ってました」とか、「これでSHIFTを使うのが楽になります」とかいう多くのお礼のメールやメッセージが届き、そのたびに声をあげて喜んだものです。そして「QSD」を作って、無料で公開して本当に良かったと思いました。多くの人にこんなに喜んでもらえて、そしてそんな生の声をたくさん聞くことができるなんて、そんなにあるものではありませんから…。

※コンピュータでの初の講演

またQSDにはたくさんの改良の要望も寄せられました。オートリピートに関するものや、手が震える人に使わせたいのだが、何とかならないかということ等です。私は頼まれると断れない性格ですから、それらの要望をできるだけ実現できるように努力しました。「できましたよ」と言って、その方に送って喜んでもらうこともすごく楽しみなことですから。

おかげでQSDもバージョンアップを重ねて、いろんな、そして細かいニーズにも対応できるものになったと思います。それは決して私一人では思いつくものではなくて、いろんな人たちの励ましや意見を聞かせてくださったから、これほどのものになったのだと感謝しています。

ＱＳＤの反響は私の予想以上のもので、平成元年には神奈川県の川崎で開かれた電子機器アクセシビリティの指針に関する集まりに、私が発表者として招かれたこともありました。これは障害者にも使いやすいような機器を提供してもらうためにコンピュータメーカーに働きかけるというもので、ＳＨＩＦＴキーに関する問題もその一つです。それを解決するためのソフトを作ったからということで、私が招かれたのです。そこでＱＳＤの開発に至ることなど約二〇分間、話すことになりました。

ところが私には重度の言語障害があるため、とてもそんなに話はできません。仮にできたとしても果たしてどれくらい聞き取ってもらえるか…。それで主催された方にそのことを相談してみました。するとコンピュータのことを話すのだから、時代の最先端のコンピュータで話せば良いじゃないかということになり、そうさせていただきました。

あらかじめ二〇分になる原稿を準備しておいて、それを本番にコンピュータに読ませました。本番はただ座っているだけで良いのですが、その原稿づくりが大変でした。二〇分間の原稿となるとかなりの量です。コンピュータが話すのだから早口だし、「あー」とか、「えーっと」とかいう無駄口はいっさい言いません。ですから普通のしゃべる量よりもかなり多くの原稿を四苦八苦していろいろ書きました。内容は、コミュニケーションの大切さをパソコン通信で痛感したこと、ＱＳＤができるまでのことや、後で書きますが、就職ができたことなどです。

本番はスイッチ一つで、その原稿をすばらしく流ちょうな日本語でパソコンが読み上げてくれました。コンピュータの言葉が慣れないため聞き取りにくいといけないので、原稿を印刷したものを一人一人に配ってもらいましたが、コンピュータの言葉がはっきりとわかったため、会場の人たちはしーんと静まりかえった中で、真剣に私の原稿を最後まで聞いてくださいました。自分でしゃべっているわけではありませんが、自分の発表をこんなに真剣に聞いてくださって、ものすごく感動したことを覚えています。会場にはパソコン通信で知り合った人たちが東京や京都、西宮、岐阜などから大勢応援に駆けつけてくださって、さらに感激した一日でした。

川崎での発表は私がはじめてコンピュータを使って講演したわけですが、それ以来、年に数回の割合で講演を頼まれています。聞いてくださる人たちは、中学生や養護学校の先生方など様々ですが、川崎で行なったのと同じようにコンピュータを利用して講演させてもらっています。どこででもあの時と同じようにみんな真剣に聞いてくださって、そのたびに、本当にうれしい思いをしています。それと同時に、自分の思いを伝えられるすばらしさ、またそれを可能にしてくれるコンピュータなどの機器のすばらしさを改めて感じています。

※地域に広がる出会い

パソコン通信は地域にもまた多くの友達を作るきっかけになりました。最初のうちは障害者の人たちの集まるグループで主にメッセージの交換をしていたのですが、せっかく障害を気にすることなくコミュニケーションできるのだからと思い、長崎県の掲示板に書き込んでみることにしました。はじめて書き込む時はやはりとても緊張しました。自分のような障害を持ったものが果たして健常者の人たちの仲間に入れるのかと思って…。

かといって自分が障害を持っているということを伏せておくのも、何か気が引けて嫌でした。もし親しくなって、後で「実は障害者です」ということになるのは嫌だと思いました。ですから最初の自己紹介ではさりげなくそのことを書くようにしました。そのため余計にみんなの反応が心配だったのです。でも、書き込んですぐにその心配は吹き飛びました。「障害者」ということを書き込んでいるのにもかかわらず、全然そのことには触れずに、たくさんの歓迎のメッセージが返ってきたのです。それら一つひとつを読みながら、パソコン通信をしている人たちはこんなに心の温かい人たちなんだと思い、胸が熱くなったものです。

そしてその人たちの中に二人も私と同じ地域の人がおられたのです。一人は塾をなさっている方、もう一人はショッピングセンターの店長さんでした。そのことがわかって、私も含めて三人でのメールの交換が始まりました。当時の私はほとんど地域の人たちとの交流もなく、その人たちとも面識はありませんでしたが、メールの交換をしていくにつれて、だんだん気心も知れるようになっていきました。

ある日、母がその塾の先生のお母さんと活動を一緒にしていて、「塾のテキストなどの作成を隆樹に手伝わせてもらえないか」と頼んでおいたと、うれしそうに言ってきました。大学の勉強の方も順調に進み、あと半年で卒業というころのことです。卒業したら何をするか母も真剣に考えてくれていたのです。すぐに塾の先生が私の家に来てくださいました。その時の素早さは本当にうれしく、今でもよく話に出てきます。

その時、私ははじめてその人と会ったわけです。最初はやはりとても緊張しました。初対面なのにパソコン通信ではいつも話をしているわけですから、なんか恥ずかしいような、変な気分でした。でもパソコン通信でメールやメッセージのやりとりをしている人と初めて会った時というのは、不思議なもので初対面という気が全然しません。共通の話題を持っていて、毎日、やりとりしているので、会った時もすぐ話が盛り上がるのです。きっと、全然知らない人がそんな様子を見ると不思議に思われると思います。

これまで何度もオフラインミーティングといって、パソコン通信でいつもやりとりをしている人たちが、実際に会って交流する会に参加させてもらったことがありますが、いつもそうでした。自己紹介すると同時に、「あっ、あなたが○○さんですか！」という感じですぐにパソコン通信での話題に入っていきます。私が初めてその塾の先生に会った時もそんな風にすぐに親しく話をすることができたわけです。

そして話は本題の塾のお手伝いをさせていただくという件に入りました。最初は言われていたように、塾で使うテキストを入力して欲しいということでしたが、私との話の中でプログラムが組めるということを知り、塾生にパソコンで問題を出し、それに答えさせるようなソフトを作れないかという話になりました。そのころには私もだいぶプログラミングには自信もついてきたころですし、テキストの入力よりはソフトを作る方が好きでしたから、すぐにその場で「ちょっと作ってみます」と返事をしました。それから数日間、ソフト作りに夢中になったことはいうまでもありません。

※喜んでもらえる幸せ

数日後、ソフトができて、私はわくわくしながら塾の先生に見てもらいました。一番工夫したところは、塾で使うのだから問題は自分で自由に作れないといけません。問題を入力するためのプログラムや、答えを入力した後、正解の時や不正解の時のリアクションなど、一つひとつ説明しました。

私にとっては、このできたものを見てもらう時がソフトづくりで最も好きな瞬間です。ある程度の機能はあらかじめ打ち合わせて作り始めるのですが、その途中で、どうすればもっと喜んでもらえるだろうかということを常に考えて、自分なりの工夫をプログラムに織り込んでいきます。自分なりに考えて織り込んだ機能を初めて見てもらうのがその瞬間なのです。驚いてうれしそうな顔をされた時、私はものすごく幸せな気持ちになります。

塾の先生も私が説明をするたびに、「へー」とか、「いいね」とか、いろんなリアクションで喜んでくださいました。そんな様子を見て、私もすごい喜びを感じていました。そしてこのソフトは、先生の塾で使われることになりました。「子どもは同じことを繰り返して覚えることをとてもいやがるけれど、このソフトを使うと喜んでするんだよ」ということを時どき聞かせてくださると、「使ってくださってるんだ！」と思ってうれしくなったものです。

そのソフトを作ってからまもなくして、もう一人のショッピングセンターの店長さんとも会うことになりました。聞いた話では店長さんも私みたいな障害を持ったものと接することは初めてで、初めのうちはすごく抵抗があったそうです。私も最初はやはり緊張しましたが、実際に会ってみると、この前の塾の先生と同じように、すぐに話は合うし、親しくなりました。

塾の先生も店長さんもそうですが、最初に会う時に一番心配したのが、私の言葉をちゃんと聞きとってくださるかということです。大学などでも大抵の人たちは私の言葉をなんども聞き直したりして、ちゃんと聞いてくださったのですが、中にはわからないまま返事をしてやり過ごしたりする人もいます。そんな時、私にはわかりますから、とても悲しい気分になります。

パソコン通信では普通にメールの交換をしているのに、言葉がわからないことが原因で気まずいことになって、その関係まで壊れたらどうしようかと、そのことがとても心配でした。でもお二人とも初めてなのに、ちゃんと私の言葉を聞いてくださいました。そのことも私にとってはすごくうれしかったことです。と同時に、誰も友達がいなかったこの鹿《しか》町《まち》に二人も友達ができたのです。

※パソコン通信のデモンストレーション

店長さんと会った時に、十一月に毎年開催されている鹿町町《しかまちちょう》の産業文化祭でパソコン通信のデモンストレーションをしようということになりました。まだそのころはパソコン通信をやっている人も、私の近くにはほとんどいませんでした。それでせっかく三人もいるのだから地域の人たちにパソコン通信とはどういうものか実際にやってみてもらって、その楽しさを味わってもらおうということになりました。

そのためには掲示板にも書き込んでもらうのですが、その書き込みに対していろんな人からの返事がないと面白くありません。それで私たちは鹿町町《しかまちちょう》の文化祭のPRもかねて文化祭本番の一週間ぐらい前から全国の掲示板に、文化祭への協力をしてくださるように呼びかけました。果たしてどれくらい協力してくださるかちょっと不安だったのですが、お願いを書き込んだとたん、驚くほど多くのメッセージが長崎の掲示板に寄せられました。文化祭を祝うメッセージや、デモを応援するメッセージ、またパソコン通信のすばらしさを説くメッセージなどです。

そして当日にも、会場に来てくださった人たちが掲示板に書き込むと、間髪入れずにその書き込みに対して返事を書いてくださいました。おかげでその時のパソコン通信のデモンストレーションは大成功に終わりました。

この文化祭ではパソコン通信の他に、塾の先生に頼まれて作った学習用のソフトを文化祭用に楽しくアレンジして、みんなに使ってもらいました、当時はパソコンもまだ普及し

▲文化祭の会場でレクチャーする筆者（中央）

ておらず、多くの子どもたちがすごく興味を持って、遊んでくれました。大人向きにも標準語の言葉を地域の方言に直す問題を作っておいたところ、年輩の人たちや生まれた時からここに住んでおられる人たちが、テレビなどの影響で昔からの方言を忘れておられたりして、それはもう、ああでもない、こうでもないと大笑いをしながら楽しんでおられました。その様子を見て、自分が作ったソフトでこんなにも楽しんでくださっていると思うと、無性にうれしくなりました。

また、会場でいろんな人たちに声をかけられたのも私にとってうれしいことでした。一応、私もスタッフですから、子どもたちからコンピュータの操作がわからないと言われると、説明しなくてはいけません。そのたびに、わかりやすい言葉を選びながら必死で説明しました。最初は子どもたちも戸惑ったりしているのですが、うれしいことに、それらが結構、子どもたちに通じました。最初は半信半疑なのですが、私の言ったとおりにするとちゃんと動くものですから、だんだんと私のことを認めてくれるようになって、そのうち、ごく自然に私に質問してくれるようになりました。

また、大きな声で子どもたちと話しているところを見て、いろんな人たちからも「頑張ってるね」などと声をかけられ、うれしかったことを思い出します。そして、この文化祭で新たに二人、パソコンの仲間が増えました。どちらも役場の職員さんで、パソコンが大好きで、文化祭の会場でパソコンの話をしているうちに意気投合してしまった仲間です。

ところで、このころから私は外出するのが楽しみになりました。特に地域の運動会や夏祭りなどです。それまで知っている人と言えば数えるほどしかいなくて、そういうところに出かけても、正直言ってあまり面白くありませんでした。でも地域に友達ができると、その人たちとばったり出会うことが楽しみになります。人混みの中で私の姿を見かけると必ず声をかけてくださいますし、逆に私からも呼びかけ、その場でちょっと立ち話をすることもあります。

今ではさらに多くの友達がこの町にできて、そういう場面が頻繁にあるのですが、そのたびに自分もこの地域の一員としてそこにいるような気持ちに駆られます。養護学校から帰ってきたころには、ほとんど地域には友達がいなかったわけですが、パソコン通信がきっかけで、今のように地域にも多くの友達ができたわけです。人のつながりというのはほんの小さなきっかけでどんどん広がっていくものだと実感すると共に、パソコン通信がつくってくれたきっかけに感謝しています。

※夢だった就職決まる

パソコン通信はもう一つ私にすばらしいものをもたらしてくれました。それは就職です。先に、思い切って長崎の掲示板に書き込みをしたということを書きましたが、それが私の就職のきっかけになったのです。この書き込みを見た方からメールをいただき、その方とのメールの交換が始まりました。その方が後に私の上司になるOさんです。

Oさんも仕事でソフトウエアの開発をされていたので、プログラミングなどの話もメールでよく交わしました。そしてある日、会社に遊びに来ないかというお誘いを受けました。そこでソフト開発をしているということはわかっていたのですが、そのほかの詳しいことは知らないし、果たしてこんな私が会社に遊びに行っても良いのか、迷いましたが、強く「来い」と言ってくださるので、その言葉に甘えて行くことにしました。ソフトを作っている会社ということにも強い興味がありましたから…。

会社は車で家から一時間弱の所にありました。五階建ての大きなビルで、すぐにわかりました。株式会社微生物研究所という会社です。母に車椅子を押してもらって玄関を入ると、受付兼事務所には白衣を着た人たちが四人ぐらい座っておられました。それを見た時、一瞬、場所を間違えたと思いました。白衣を着た人たちを見ると、そこは病院か何かで、ソフトを開発しているところとは思えませんでしたから…。

でも受付で尋ねると、確かにメールをくださったOさんはおられました。呼んでもらって、エレベーターから降りてこられた姿を見ると、Oさんもまた白衣姿でした。私はソフト開発というからワイシャツにネクタイか、それとももっとラフな格好をしておられるのを想像していましたから、その時の何とも言えない複雑な心境は表現しようもありません。

それからすぐに五階の開発室に案内していただいて話をしました。話を聞くと、その会社は臨床検査を主な業務としてやっているということでした。個人病院などで採った血液や尿を持ってきていろいろな検査を行ない、その結果を報告書に出して、また病院に持って行くというような業務です。

開発部門では主にその検査に関わるプログラムを作っておられました。検査は機械で行なっているものもあるため、検査機械から出てくる検査結果をケーブルでつないだパソコンで受け取れるようにしたり、検査結果を報告書にコンピュータで打ち出すようにしたりするためのプログラムを主に開発されているということでした。血液などを扱う会社だからみんな白衣が制服だったわけです。またそこではその会社以外の仕事も受注して作っておられるようでした。

そこで私たちはいろんな話を二時間ほどしたと思います。ほとんどがコンピュータやソフトの話でした。私も家から自分で作った住所録やテキストエディタなど、そのころの自信のある作品を幾つか持って行って見てもらいました。もちろんＱＳＤも。それら一つひとつをゆっくりと見てもらいながら、作る時の苦労した点や、自慢の機能など心ゆくまで聞いてもらえて、二時間はあっという間に過ぎました。

私の話すことに対して、熱心に頷《うなず》いてくださったりするのを見て、おぼろげながら、自分もこういう会社で仕事ができたらという小さな希望が生まれていました。帰り道でも、母と車の中で、「あんな所に就職できたら…」と、話しながら家に向かいました。母はいつも「神様がおまえを必要と思ってくれはったら必ず仕事がみつかるで」と言って励ましてくれていました。

それから数日後のこと、Oさんとチャット（コンピュータネットワークを通じてリアルタイムにできる文字での会話）をしている最中に、「うちで働いてみないか？」というお誘いを受けたのです。この文字を見た時、私の胸は高鳴りました。小さい希望でしたが、そう望んでいたことをまさに言われたのですから、その時の喜びは本当にすごいものでした。と同時に、本当にそんなことができるのかという不安もわいてきました。就職したら毎日会社に通わなくてはいけないでしょう。でも、今もそうですが、いつも外出する時は両親や友だちの力を借りています。そんな私が毎日会社に行くのはとても無理なことです。しかも上手に食事もできないし…。

しかし、詳しく話を聞いてみると、ふだんの勤務は在宅で良いということでした。ソフトの開発というのは、どういう風に作るかということさえしっかりとわかっていれば、どこでもできます。詳しい打ち合わせは週に一度、出勤したり、電話ですれば大丈夫ということでした。さらに身体に障害があっても、プログラムを作るに当たってはそんなことは関係ないと言ってくださいました。この話を聞いてから、私の就職ということが急に現実味を帯びてきました。

それまでも、もちろん就職とか、働くということについては強い希望を持っていました。おそらく私だけじゃなくて、どんなに重い障害を持っている人でも同じだと思います。そこにはお金を稼ぎたいということも、もちろんあると思いますが、それ以上に自分も社会の一員として何かの役に立ちたい、社会に参加したいという気持ちの方が大きいと思います。

私も、それまで地域の回覧板などを打たせてもらった時など、にっこり笑って「ありがとう」と言ってもらったり、回ってきた自分の打った回覧板などを見た時は、何とも言えない喜びを感じたものです。でも就職ということは、障害の重さから考えてとてもできそうにない夢だったのです。それが急に就職ができるということになったのですから、その時はうれしくて夢の中にいるようでした。

それから私の就職の話はどんどん進み、一九八八年十二月一日に正社員として就職することができました。初めて社長さんにお会いした時に「うちでは正社員として働いてもらうよ」と言ってくださいました。正社員ということで一応、就職になったのですが、当時は在宅勤務という前例がなくて、職安を通じて雇用保険のことや、労働基準のことなど、いろいろな機関を会社の人たちが回って調整してくださり、すべての問題をクリアして就職することができたのです。その時のことを思い出すと、そんなにまでして入れてくださったのだから、期待を裏切らないように頑張らなければいけないと強く心に思いました。

※冷や汗をかいた初仕事

私の仕事はプログラミングです。前に書いたように、会社が血液や尿の検査をしていて、私はその結果を指定の報告書に打ち出せるようにしたり、機械で測定したデータをコンピュータに取り込めるようにするためのプログラムを主に作っています。

勤務場所も在宅で、朝の九時から夕方の六時までが勤務時間になっています。仕事のない時は会社にいるのと違って雑用などがないので、自分の興味のあるプログラムを作ったり、新しい技術を勉強したりと自由に時間を使っています。すこし後ろめたい気もありますが、そうやって得た新しい技術が後で仕事に使えて助かったということもよくあって、そう考えると無駄なことではないと思ったりしています。逆に忙しくなったり、難しい仕事になると、終業時間も忘れていつまでもパソコンに向かっているということもあります。

この在宅での勤務は、私にとっては大変ありがたいものです。出勤するのにも本当なら人の手を借りなければならないのですが、在宅勤務ならその必要もないし、トイレや食事も自分の家なので安心してできます。プログラムを組むという仕事も一人で自分のペースでできるので、その点でも助かっています。もし、在宅勤務ができなかったら、就職なんてできなかったと思います。ふだんはそうやって自宅で仕事をしていますが、時どき、仕事の打ち合わせや会社の人たちとのコミュニケーションのために出勤しています。

出勤は会社の人たちと言葉を交わせる数少ない機会ですので、とても楽しみにしています。私を正社員として迎えてくださった社長さんは会うたびに、私と母に「頑張ってくれているね。ありがとうね」と、ちょっと恐縮してしまうような言葉をかけてくださって、胸にじんときたものです。出勤や出張の時は、母に連れて行ってもらっています。仕事に就いて、私の世界もずいぶん広がりました。外注の仕事も時どきあって、いろんな会社の人たちと仕事をする機会も多くなりました。

私が就職して初めての仕事は、冷や汗をかいたという思い出があります。地方の民放テレビ局のワイド番組で、お正月に使う簡単なゲームが最初の仕事でした。スタジオに来ている人や中継先の人たちに、そのゲームに挑戦してもらって「正解」だとプレゼントを進呈するというものです。ゲームは「あみだくじ」と「神経衰弱」の注文です。

画面のデザインなどは上司のＯさんが担当してくださって、私はプログラムの方を担当しました。納期があまりなかったのですが、とにかく初めての仕事だったので必死になって作りました。テレビで放送されるソフトですから、バグ（プログラム上のミスでコンピュータが変な動きをしたりする現象や原因）だけは絶対に出ないように一番気を遣《つか》いました。その甲斐あって、無事に納期にも間に合い、放送の日を迎えました。ちょうどその日が仕事初めの日でしたから、私も会社で会社の人たちとドキドキしながら見守ったものです。いくらテストにテストを重ねておいても、初めて使ってもらう時はすごく緊張するものです。何年たってもその瞬間は本当に拝むような気持ちで見守っています。その日は幸い何事もなく、ゲームを使ってもらえました。冷や汗をかいたのはその翌日のことです。

一日目、何もなかったので、翌日はリラックスして自分の作ったゲームを誇らしく思いながらテレビを見ていました。神経衰弱《すいじゃく》ゲームになり、挑戦者がカードの番号を言って、そのカードが開かれました。私は心の中で「番号を入れてリターン」と操作する人に操作方法を教えるような気持ちで見ていました。次に二枚目のカードが開かれました。残念ながらその二枚のカードは同じではありませんでした。はずれです。

普通、こういう場合、二枚のカードはいったん伏せて次に進みます。そのゲームもそのように作っていました。「はずれだったから、そこでスペースキーでカードは閉じてください」、私は心の中でそう念じました。ところが、スペースキーでカードを閉じないまま次の挑戦者に別のカードを選ばせているのです。でも、一度カードを閉じなければ、別のカードは開きません。生放送なのでいうことを聞かないゲームを前にだんだんリポーターの人も焦ってきました。私は私で、原因はもとのカードを伏せないからとわかっているので、必死でテレビに向かって「スペース！ スペース！」と叫んでいました。

幸い別の人がそれに気がついて、まもなくゲームは復旧しましたが、その時は本当にパニックでした。その後のリポーターのコメントは今でもよく覚えています。「コンピュータが風邪を引いた」と…。でも記念に残る初仕事でした。

その後、あみだくじゲームの方がとても好評だったということで、春からの新番組でレギュラーの一万円プレゼントゲームとして採用されました。途中、三度バージョンアップをして七年間、毎朝、テレビに映りました。私もその時間になると自然にテレビのチャンネルに合わせて、自分の作ったゲームを見ていたものです。

※高熱の中、納期が迫る

また修羅場《しゅらば》というものも経験しました。某検診センターの検査機関のほとんど全ての検査機械とオフコンをパソコンでつなぐ仕事をさせてもらった時のことです。納期が迫っているのに仕事がまだできていなくて、四日間連続で午前九時から午前三時までという残業が続きました。納期が迫るにつれて気持ちに焦りが出て、不随意運動が激しくなってキーボードが思うように打てなくなりました。こんなことはコンピュータとかかわってから初めてのことで、自分の身体がどうなったのかとずいぶん心配しました。それでも大きな仕事をさせてもらっているため、納期だけは守らなくてはならないし、もし途中でこけでもしたら、相手先にも多大な迷惑をかけることになるし、私の会社や私自身のプログラマーとしての信用をなくすと思って、それこそ必死になって仕事を続けました。

五日目からは出先での仕事になりました。そこでもかなり無理をして仕事を続けていたのですが、どうしても手がいうことをきかなくなってしまいました。その時、助けてくれたのが仕事先の近くでアパート住まいをしていた弟です。ちょうど大学院の卒業試験を控えて、勉強しなくてはいけないところだったのですが、私の様子を見て、私の代わりにキーボードを打ってくれたのです。私も相手が弟だからあまり気を遣《つか》うことなく、プログラムのコードを伝えて打ってもらうことができました。

その日は熱もかなり出て、時々意識がもうろうとなりながら、弟と夜遅くまでコンピュータに向かっていた甲斐もあり、だいたいのメドがつきました。その日は本当に苦しくて大変だった一方で、弟と協力して作っているということで、心の中に昔、一緒にプラモデルなどを作った時の懐かしい気持ちがよみがえりました。弟には本当に感謝しています。

一方、そんな様子を見ておられる人たちはずいぶん心配されていたようです。障害者のプログラマーと一緒に仕事をすることなんて初めての上、納期も迫っているし、おまけにちゃんと仕事もできないのですから、無理もありません。

「本当に大丈夫か?」とか、「発注先を間違えたのでは?」とかいう声も聞こえたそうです。私に付き添ってくれている母は、そんな声を聞きながら、「いつもはこんなんじゃない。信じてやってください」と、何度も心の中で祈っていたそうです。

翌日は私の身体も限界に達していて、高熱もあり、仕事するのは無理だと判断し、残りの仕事は家でしてくるということにしてもらい、家に帰りました。それから二日間は四〇度以上の熱のため、仕事は全然できませんでした。でも、納期までに仕事を仕上げなくてはいけないという使命感からか、夢うつつの中で必死でキーボードを打っている妄想に駆られていました。三日目、熱は下がって元気になったのですが、まだ緊張がひどくてキーボードを打てるような状況ではありません。でも、これ以上休むこともできません。

そんな時、助けてくださったのが当時、フリーのプログラマーをされていた、パソコン通信で親しくなったYさんです。Yさんにそのことを相談すると、快く「俺が言うとおり打ってやる」と言ってくださって、弟がやってくれたように、キーボードの入力をしてくださいました。ただ少し違ったのは、さすがプログラマーで、私が「一」言うと「十」打ってくださいました。それも私が思っているとおりのコードでです。気持ち良かったです。その時のYさんのおかげでその日のうちに予定していた仕事は終わらせることができました。その時のYさんのやさしさは本当に感謝しています。

さて、仕事の方ですが、その翌日から完全に復帰して出先で仕事をすることになりました。納期までの二週間、毎日自宅から三時間も離れたところでです。ふだんは在宅勤務なので全然違った勤務体系です。私はYさんの協力のおかげで気持ちにも余裕ができて、それからというものキーボードもいつもの通りに打てるようになりました。その様子を見て、心配して、少しよそよそしかった相手先の方たちも安心されて、私にもいろいろと声をかけてくださるほどになりました。この時、ふだんは一人自宅で仕事をしているのですが、他の人たちと一緒にコンピュータに向かって、自分もチームの一員として仕事をしているという実感が持てて、無性にうれしく思っていました。

一方、大変だったのは私の家族です。母はずっと付き添ってくれていろいろと面倒を見てくれていました。毎日、夜中に帰ってきて朝早く出て行くので、母の代わりに家のことは父がしてくれていたのです。弟にも二日に一回の割合でアパートに泊めてもらったため、試験勉強の最中にいろいろと気を遣《つか》わせてしまいました。でも数日前のめちゃくちゃ苦しんでいた様子を知っているため、みんな文句も言わずに私を励まして、協力してくれました。そんないろんな人たちのおかげで何とか仕事は納期に間に合うことができたのです。

※仕事の厳しさ、信頼される喜び

最後の日、全部の仕事を終えて母に車椅子を押してもらってエレベータに乗った時、閉まるドアを制して、その時の仕事のリーダーの方が私に「本当にありがとう」と言ってくださいました。思えば「本当に大丈夫か？」という疑問がチームの間で湧きだした時に、リーダーの方は私を信じてくださっていました。また、チームの責任者として、私のどんな質問に対しても丁寧に答えてくださって、そのたびにうれしい思いをしていました。エレベータの中でそんなことを思い出して熱いものがこみ上げてきました。母も目にいっぱい涙をためていました。

その時の仕事は本当に大変でしたが、それからの自分に大きな自信を与えてくれたような気がします。仕事の厳しさと共に、家族のあたたかさや、友だちの優しさ、リーダーの思いやりなど、いろんなことを教えられた仕事でした。

この仕事に就いて十三年、他にも小さい仕事や大きい仕事、振り返るとそれぞれに心に残るものがあります。それらの仕事が終わった時、達成感ももちろんあって、好きな瞬間ですが、その仕事をしている間もまた、心に残る時間です。

現在、微生物研究所は合併し、株式会社ラボテックとなっていますが、私の所属する開発は入社以来ずっと二人で、私を会社に引っ張ってくださったＯさんに始まり、今は四人目の人と組んで仕事をしています。そんな歴代の人たちとは、仕事についてはもちろん、仕事以外でも、出勤した時や一緒に出張した時、何気ない雑談を交わすなど、ふだんは自宅で一人で仕事をしている私にとっては、一緒に仕事をしている「同僚、仲間」を感じることができるかけがえのない存在です。また時々行なわれる新年会や飲み会も同じように、「自分もこの会社の一員」ということを実感できる大切な時間です。

それに私の会社には本社のほかに二カ所、営業所があり、そこからもよく電話がかかってきます。そんな時、果たして私だったら自分の言った言葉を聞き取れるかな？　と思えるほどの複雑なコマンドを電話で伝えるのですが、みごとに聞き取ってパソコンを操作してくださいます。「ちゃんとできました！」という報告を聞いて電話を切った後、そのことを振り返ると、当たり前のように電話の受け答えをしてくれて、「自分も一緒に仕事をした」という実感が湧いてきて、じわっと喜びがこみ上げてきます。

また、初めて私と一緒に仕事をされるほかの会社の方は、車椅子で母に付き添ってもらい、言葉にも障害のある私を見て戸惑われるようですが、いざ仕事に取りかかると、聞き取りにくい私の言葉をちゃんと聞いてくださって、一人のプログラマーとして接してくださいます。そのことが感じられるたびに、とてもうれしく思うのです。そして一つの仕事が終わるごとに、「お疲れさま」とか、「ありがとう」と言っていただけると、「本当にこの仕事をやっていてよかったなあ」という幸せな気持ちになります。パソコン通信で偶然に出会った私を、今の会社に引っ張ってくださったOさんには本当に感謝しています。

※リハビリ再開

就職ができて、毎日仕事に、そして趣味のパソコン通信やフリーソフトの開発に忙しくしていたある日、家族で近くの冷水岳に山つつじを見に行きました。するとそこに新しい展望台が建っていました。私は高いところに登るのが好きなので、上まで上がることにしました。療育園での訓練のおかげで階段は手すりがあれば、上までどうにか登ることができます。その時も最初は私なりのホイホイという感じで登って行きました。ところが上に行くにつれてだんだんきつくなりました。やっとの思いで一番上に着いた時には、胸はムカムカするは、目の前は暗くなるはで、その場で寝ころばずにはいられませんでした。

幸いしばらく休むと元気になったのですが、正直言ってすごいショックを受けました。少なくとも療育園にいてリハビリに励んでいたころはこれくらいでは倒れなかったはずです。それを仕事やパソコン通信が面白いからということで、リハビリを怠っていたばっかりに、こんなに弱ってしまって、何のために手術を受けたのかわからないと、自分を責めました。しかも、最初の目標は自分一人で歩くということだったのです。いつのまにか松葉杖で歩けるようになったことに満足している自分に気がつき、嫌になりました。

それで一念発起して、翌日からまた自分一人でリハビリを始めました。今度はもちろん自分一人で歩くことを目標にです。最初は何もつかまらずに立っていることから始めました。ただ立っているだけでは飽きるのでテレビを見ながら…。そして、リハビリを始めて二週間ぐらい経った時でしょうか。立っていると、ふらりとしてよろけました。いつもならそのままパタンと倒れるのですが、その時はなぜかトットットッと足が前に出て数歩連続して歩けました。これが歩き方の感じをつかんだ時です。

それから歩くということの練習を始めました。部屋は畳なので倒れても全然痛くありません。そのことが良かったのか、昔は一歩足を出すごとにバランスを取っていたのですが、部屋では次々に足を出すことができるようになりました。そして一週間ぐらいで六畳の部屋では狭く感じるようになりました。

それまでは何か恥ずかしくて、両親には隠れてリハビリをやっていたのですが、これが限界だと思い、母にリハビリのことを話して、近くの歌浦《うたがうら》小学校の運動場に連れて行ってもらい、歩く練習をさせてもらうことにしたのです。昼間は仕事があるので、運動場に行くのはいつも仕事が終わる夕方からです。最初は一〇メートル歩くのがやっとだったのですが、日を重ねるごとに記録も伸びて、トラックの周囲を二周はできるようになりました。百メートルを五分ぐらいでしょうか？　歩き方もかなりしっかりしていると、自分では思っています。

これなら普通の道も歩けそうな気がするのですが、実際はそんなに甘くはありませんでした。私がそうやって歩けているのは倒れても痛くない芝生の上だからであって、アスファルトの上などで立とうものなら、すぐに倒れて痛い思いをするのではないかと緊張が強くなり、うまく歩けなくなるのです。

運動場に行くようになってまもなくして、社協にあった電動車椅子を貸していただいて、それからは私一人で小学校の運動場まで車椅子で通えるようになりました。二年後には自分の電動車椅子を買ってもらいました。最初はこの辺にはまだ電動車椅子なんてあんまり見かけませんから、みんなの興味を引いてじろじろ見られるのではないかと、ドキドキしながら運動場まで行ったものです。でも、途中すれ違う人たちは考えていたようなこともなく、ごく自然に挨拶などをしてくださいました。私にとってとてもうれしいことでした。

運動場でも、最初は小学生がサッカーの練習をしている横を、私みたいなものが変な格好をして歩いていて、何も言われないだろうかと、ずいぶん気を遣いましたが、そういうことは全然なく、逆に見守っていてくれるような暖かい視線を感じました。時どきパッと彼らと視線が合ったりすると、小さく微笑みながら会釈してくれることもあります。そういう時は、何かうれしくて胸が熱くなるのです。

※地域の人たちの暖かい視線

また家から運動場に行く途中にもたくさんの楽しみがあります。運動場に行くには地区の繁華街を通っていきます。繁華街というのはちょっとオーバーかもしれませんが、食料品店があり、電気屋さんがあり、公民館もあるので、そこを通るたびに私はそう思います。その繁華街を抜けると、鹿町の大動脈である道路を通って、運動場に行くことになります。そこでは多くの人たちに出会います。そしてほとんどの人が、私に対して挨拶などをしてくださるのです。当然と言われればそれまでですが、感激屋の私にとっては、そのことがとてもうれしく感じます。

そして、毎日通っているうちに、出会う人たちとの挨拶も次第に変わってきました。最初は、ごく簡単な挨拶程度だったのですが、やがていろいろと声をかけてくださるようになったのです。「どこ、いきよっと」とか、「散歩に行くとね?」とかです。そのたびに私も「はい」とか、「ちょっと、運動場まで」とか言って答えます。私の言葉はわかりにくいので、なかなか聞き取りにくいと思いますが、その人たちは一所懸命に聞いてくださいます。そんな様子を見て、またまた感激してしまうのです。それが大人の人だけでなくて、小学生や、中学生も同じように挨拶してくれるので、本当にうれしいことです。

また、歩道を走っていると、車ですれ違う時にクラクションを鳴らして合図を送ってくださったり、時には、わざわざ止まって声をかけてくださる人もいます。それに運動場でも、歩いていると近寄ってきて、「頑張りなさいよ」と声をかけてくださったりと、本当に毎日運動場にいくたびに何かがあり、感激させられます。

中でもうれしかった出来事で良く覚えているのは中学生とのことです。その日もいつものように歩いていました。毎日歩いていても、調子のいい日もあれば悪い日もあります。調子のいい日は全然転ぶことなくジョギングを終えるのですが、そうでない日は何度も転ぶことがあります。

その日は決して調子が悪い方ではなかったのですが、運動場の南の端に近づいたところで、草につまづいてしまいました。そのまま倒れてしまえば、大したことがなかったのですが、転ばぬようにとつまづいた方と逆の足を大きく前に出し、立て直しをはかりました。うまくいったのですが、体にスピードがついてしまい、今度は止まることができなくなったのです。二、三歩スピードに合わせて、足を出したのですが、うまくいかず、ついに倒れてしまいました。その時に手を突いたのですが、結構スピードに乗っていたことから、つき指をしてしまいました。

普通なら、倒れても周囲の人に心配をかけるといけないと思い、すぐに立ち上がるようにしているのですが、その時だけはそうはいきませんでした。あまりの痛さにそこにうずくまってしまいました。すると、近くでキャッチボールをしていた男子中学生が近寄ってきて、「大丈夫ですか?」と声をかけてくれたのです。男子中学生といえば、一般に仲間うちではいろいろとしゃべったりするのですが、知らない人となると、避けがちという印象があります。そんな中学生が自分から心配して、声をかけてくれたのですから、特に胸が熱くなりました。

こんなことがあるのですから、いつしか運動場に行くことが、私の楽しみになっていました。

最近では、なかなか思うように時間が取れなくなり、あのころのように歩きに行く回数もずいぶん減りました。春から秋にかけて五、六日でしょうか、幸い歩く感じは身体が覚えていて、どんなに間をおいて歩きに行っても結構うまく歩けるのですが、長くは歩けません。そのたびに毎日行かないといけないなあと思うのですが…。

あまり運動場に行かなくなった原因の一つに、数年前から家で犬を飼い始めたことがあります。雌のコリー犬で名前をドリーと言います。そのドリーの散歩をいつも私が電動車椅子で連れて行っています。家では柵を作っていて、その中で放し飼いのようにしています。ところが散歩に行くとなると、逆に紐でつながれるようになるため、散歩が嫌いなド

▲電動車椅子で愛犬ドリーと散歩

リーです。ですから端《はた》からみるとどっちが散歩につきあってもらっているのかわかりません。「散歩に行こう」と迎えに行くと、まずさっと壁の横に隠れて、そこで紐につながれると、「仕方ないなあ」という感じで、のっそのっそと歩いてきます。

パソコンに向かい続けて疲れた時など、犬と遊ぶとホッとします。その時間がとても好きなので、つい歩きに行くより、犬の散歩の方に心が向いてしまうのです。身体のためにはもう少し歩きに行った方がいいとはわかっているのですが…。これからは気持ちを改めようと思います。

※一年遅れの卒業式

大学の通信教育の方も比較的順調に進んでいました。結局約一年間、手術のために入園していたこともあり、卒業までに五年かかりました。就職が決まったころにはもう単位も全て修得できていて、卒論もほぼ終わっていました。

私の卒論のテーマは当時、まさに自分が実体験していたパソコンのことを書きました。題目は「障害者福祉におけるエレクトロニクス機器の利用に関する一考察」というものです。題目はすごいように見えますが、内容はといえば、自分がコンピュータを使ってどのようなことができるようになったかを振り返り、それを私なりにまとめたものです。

障害者にとってのコミュニケーションの重要性から、パソコン通信やトーキングエイドを使うことの意義、コンピュータを使うことによる就労等、コンピュータを使うことでどんな可能性があるかなどを書きました。

その論文も無事審査を通過し、卒業試験の口頭試問も何とかパスできました。口頭試問の最後に「君はこの論文を実践しているんだね。おめでとう」と教授に言ってもらって、その瞬間、「これで卒業できる!」と思い、心の中で喜んだものです。

卒業式は、もう就職していたので会社に休みをいただいて京都に行きました。一年遅れての卒業のため、どれだけ知っている人たちが一緒に卒業するのかと思いながら出席しました。すると一回生の時から一緒に講義を受けていた高知の女性の方が来ておられて、思ってもみない良い卒業式になりました。もし誰も知った人がいなかったら面白くないだろうと思いながら、それも覚悟していたのです。おかげでその方とはスクーリングの思い出等も話をすることができて、大学生としての最後の日を有意義に過ごすことができました。

卒業証書は卒業式の後、各学科ごとに教室で一人一人に授与されました。その時の先生がスクーリングの時に感動的な授業をしてくださった先生でした。特によく話を聞いてもらった先生でしたから、わくわくしながら少し緊張して母に車椅子を押してもらって前に出て行きました。先生は卒業証書を渡された後、親しみのある口調で「よく頑張ったね。おめでとう」と言ってくださいました。そのとたん、熱いものがこみ上げてきて、何も言えなくなりました。精一杯の言葉で「ありがとうございます」と言って自分の席に戻ったと思います。その時、初めて卒業の実感が心に湧いた瞬間でした。

卒業式の夜、ＰＣ‐ＶＡＮの障害者のグループの人たちが京都に集まってくださって、リクルートビルの地下の居酒屋で私の卒業祝いをしてくださいました。集まった人たちといえば、京都はもちろん、大阪や神戸、さらには東京からという方も…。「そんなに遠くからですか？」と聞くと、「新幹線に乗ればすぐですよ」とあっさりと答えられて、「なるほど」と思うと同時に、パソコン通信をしておられる人たちの行動力のすごさに驚かされました。そしてこんな私の卒業祝いにわざわざ集まってくださるなんて、なんて優しい人たちなんだろうと感激したものです。

こうして私の五年間の大学生活は終わったわけです。

「仏教大学の通信教育部を卒業しました」と話すと、よく人に「すごいですね」とか言われます。入学の時、通信教育を卒業するのはすごく難しいという説明を受けましたが、今、振り返ってみると本当にその通りだと思います。あのころの私だったから、テキストを読んだりレポートを書いたりする時間を作れて何とか卒業できたのであって、仕事に就いている今ならたぶん、難しいでしょう。

仕事が終わった後、何時間もテキストを読み、レポートを書くなんて、とても今の私にはできそうにありません。そう考えると、職を持ちながら通信教育を受けておられる人は本当にすごいなあと尊敬してしまいます。それと同時に五年間、ずっとスクーリングや試験などに一緒についてきてくれた母や、それを見守って、いろいろと協力してくれた父や弟に感謝しています。が、その一方で、もしできるならもう一度、スクーリングやレポートに追われた、あんな日々を送って見たいなあという気も少しあります。

第4章 社会人として

障害者プログラマー

▲自宅の仕事場でパソコンに向かう筆者

※鹿町に永住を決める

一九九四年、私たちはそれまで住んでいた鹿町町《しかまちちょう》に自分たちの家を建てました。つまりここに永住することにしたのです。はじめの方に書きましたが、私たちは元は奈良の人間です。父の仕事の転勤で長崎に来たのです。ですから親戚も今住んでいるところの近くには全然いませんし、両親の幼なじみもみんな奈良です。それに私たちの家もいつでも帰れるように一応奈良に残してありました。それまでは父の会社の社宅を借りていて、父が定年になったらみんなで奈良に帰る予定にしていました。

ところが、その日の二年前になって話が大きく変わったのです。その一番の理由は私にありました。せっかく会社に就職できて、プログラマーとして働いているのだから、ここにずっといたいと、両親に自分の気持ちを打ち明けたのです。それにこの地域にはたくさんの友人ができていて、本当に楽しい毎日を送っていましたから、なおのことこの地を離れたくないと思っていました。

両親は私の気持ちをすごくわかってくれました。「もし今、向こうに帰ったら、今のようにすばらしい人間関係をもう一度築くのは至難の業《わざ》だろう。それに就職のことも…」。そう言ってくれて、すぐに話がまとまり、それまで住んでいた社宅からそれほど離れていないところに、自分たちの家を建てたのでした。おそらく、父や母も老後は親戚や気のおけない幼なじみたちといろいろ楽しもうと、長年思い続けていたと思います。それらをあきらめて私の思いを尊重してくれたと思うと、言葉では言えないほど感謝している反面、何か申し訳ない気がしてなりません。

※パソコンクラブ結成

永住を決めさせるほど心を動かせたここでの生活は、自分で言うのも何ですが、本当に充実しています。

最初、三人でデモンストレーションを行なった文化祭から二年後、あの時親しくなった役場の職員さん二人と、近くに住む目が不自由ですが音声装置で巧みにパソコンを操る方の六人で鹿町パソコンクラブを結成しました。

そしてこの鹿町に小さなパソコン通信のHOST《ホスト》を作りました。DEER-NETという、そのプログラムも自分たちで作った全くのオリジナルです。機械もみんなでお金を出してそろえました。回線も一回線しかなく、規模も小さいネットでしたが、六人で力を合わせて、掲示板の書き込みに対しても細かくサポートし、そのアットホームさが好評で、口コミで会員も増え、全盛期には一五〇人を超える会員数を誇りました。

このNETのもう一つの特徴は会員のほとんどが地元の人たちで、そのためパソコン通信上だけでなく、実際に会うオフラインミーティングも結構頻繁に行なわれ、みんなが顔を知っているネットということでした。

オフラインミーティングも変わったものも多くて、星に詳しい方が望遠鏡を持ってきてくださって、星の観測会をしてくださったり、山の上でカクテルパーティーを開いたり、ボーリングに行ったりもしました。私も一緒に参加させてもらって、本当に楽しい時間を過ごさせてもらっています。

私が一番、うれしく思うことは周囲の人たちが、ごく自然に接してくれるということです。初めのうちは私も両親も、他の人に迷惑をかけてはいけないと思い、どこに行くにも母について来てもらっていました。でも、時間がたつにつれてみんなが自然に手を貸してくださるようになり、どこかに行くにしても私一人を連れて行ってくださいます。

初めてのドライブは、五月の連休に塾の先生に連れて行ってもらった平戸一周です。弁当を持っていって海の見える芝生で食べました。それまでは外では自分で食事ができないので、そのことがものすごく心配でした。食欲がないから…といういいわけも考えていたものです。でも、塾の先生は笑いながら、自然に介助して食べさせてくださいました。その時の安心した気持ちと、うれしかったことははっきりと記憶に残っています。

その後、風の強い山頂に登ってそこで、美人ライダーに声をかけられ、二、三言葉を交わした後、思い出してニヤけているところを塾の先生に冷やかされたことも、初めて一人で連れて行ってもらったドライブの思い出です。

それを皮切りに今まで、いろんな人にいろんな所に連れて行ってもらっています。教会のシスターさんたちの旅行の運転手で行くから、一緒にどうかと誘われて、大分まで一泊旅行に行ったり、階段で車椅子では行けないのに、美味しいという噂のカレー店に、強引に手を引いて連れて行ってもらったり、パソコン等を見に、博多まで一緒に連れて行ってもらったりと、ここに書くにはちょっと大変なほどの量になりました。

そんなことがパソコンクラブの活動を始めてからどんどん増えてきています。友達や知り合いも、今ではあのころよりはるかに多くなって、地域の行事に出かけると必ずいろんな人に声をかけてもらえるという、うれしいことになっています。私の家にも来客が多くて、一度腰を下ろしたらしばらくいろんな話をして帰って行かれます。私はそういう時間をいつもありがたく、大切に思っています。

私はよく人から「何でも良く覚えているなあ」と言われることがあります。どこどこに行った時、昼食は何を食べたとか…。自分でもそう感じることがありますが、なぜかと考えると、きっとそれらの時間や経験は私にとってすごく貴重なものだからだと思います。

友達とランチに行ったり、ショッピングに行ったり、飲みに行ったり、普通なら良くあることなのでしょうが、残念ながら私にとってはそう頻繁にあることではありません。だからそういう機会が訪れた時、私はすごくうれしく、記憶にも強く残るのだと思います。逆に考えれば、ほんの些細な喜びでも、私にはそれが何倍にも感じられて、幸せなことなのかも知れません。反対につらくて悲しいこともそうなるので、困りものですが…。

※ホームページでソフトを公開

私は今はインターネットに夢中になっています。地域の仲間と作ったDEER-NETもインターネットの普及とともに徐々にアクセスする人たちが少なくなり、一九九九年に閉鎖しました。それに代わったのがインターネットのホームページです。パソコンクラブのメンバーもそれぞれ自分のホームページを立ち上げて、インターネット上でさらに活動の範囲を広げておられます。私もまた「まなつのみかん」という名前のサイトを開設しました。

メインのテーマは鹿町で夏に穫《と》れるハウスみかんです。「どうしてそんなものを?」と思われるでしょう。私も最初は何をテーマにしようかといろいろと考えました。好きなプログラミングに関するページや障害者の立場から作るページも良いかと思ったのですが、見てくださる人もそれだと限られるし、もっといろんな人に見てもえるテーマはないかと考えて思いついたのが、近所の友だちが作っているハウスみかんだったのです。

夏に穫れるみかんというと珍しくて、面白いし、第一、みんなに言いふらしたくなるほど美味しいみかんですから…。美味しいものに関しては老若男女、いろんな人たちが興味を持っていることでしょうから…。ホームページではその友達に協力してもらって、みかんの大きくなる過程や、それにまつわるできごとなどを写真付きで紹介しています。収穫の時期には産直もホームページで紹介したりしています。注文してくださる人はまだ少ないのですが、その分、注文があったり、みかんの感想が送られてきたりすると、私はただホームページで紹介しているだけなのですが、自分のことのようにうれしくなります。

また、このホームページでは私の作ったフリーウェアも公開しています。フリーウェアとは無料で公開しているソフトで、私のホームページからダウンロードして自由に使えます。それまでもプログラミングは私の仕事であると同時に趣味でもありますから、自分の欲しい機能などを自分で作ったりしていました。

その一つが、「Quick Task Changer《クイックタスクチェンジャー》」というソフトで、これは起動しているアプリケーションを一つのキーで切り替えるためのものです。普通、アプリケーションを切り替えるためにはマウスを使うか、ＡＬＴ《オルト》キーとＴＡＢ《タブ》キーを押さなくてはいけません。たったそれだけなのですが、その操作を煩《わずら》わしく思うことがあり、何とかできないかと思って作ったのがこのソフトでした。そして実際に使ってみると思いのほか、使い勝手が良くて、これなら他の人にも使ってもらえるだろうと思って、公開したのが初めてでした。それまではＱＳＤやそのWindows版のＱＳＤＷという障害者用のソフトしか公開していなかったため、一般向けのソフトがどれだけの人たちに使ってもらえるかドキドキしたものです。それはある意味で、自分の力を試すという意味もありました。

それからまもなく、何人かの人たちからメールが届きました。どれも「重宝しています」とか、「便利です」というお礼のメールでした。それらを読んだ時、私の作ったソフトが通用したと思えて本当にうれしかったものです。

それからというもの「Text Clipper《テキスト クリッパー》」、「Again Typer《アゲイン タイパー》」というソフトを年に一つのペースで公開しました。これらに共通していることは、どれも私自身の必要性から作ったもので、毎日、欠かさず使っているソフトということです。自分が使わないようなソフトなら公開しても使ってもらえないだろうと思い、公開するにあたっては「自分が毎日でも使うソフト」ということを基準にしています。また障害があって、ちょっとしたことも面倒くさかったり、できなかったりする私が私自身のために使いやすいように作っているソフトだから、健常者の方々にも自然に使いやすいものになっているからかと思いますが、これらのソフトを公開するとすぐにたくさんの人たちが使ってくださって、メールもたくさん寄せられ、そのたびにうれしい思いをしています。

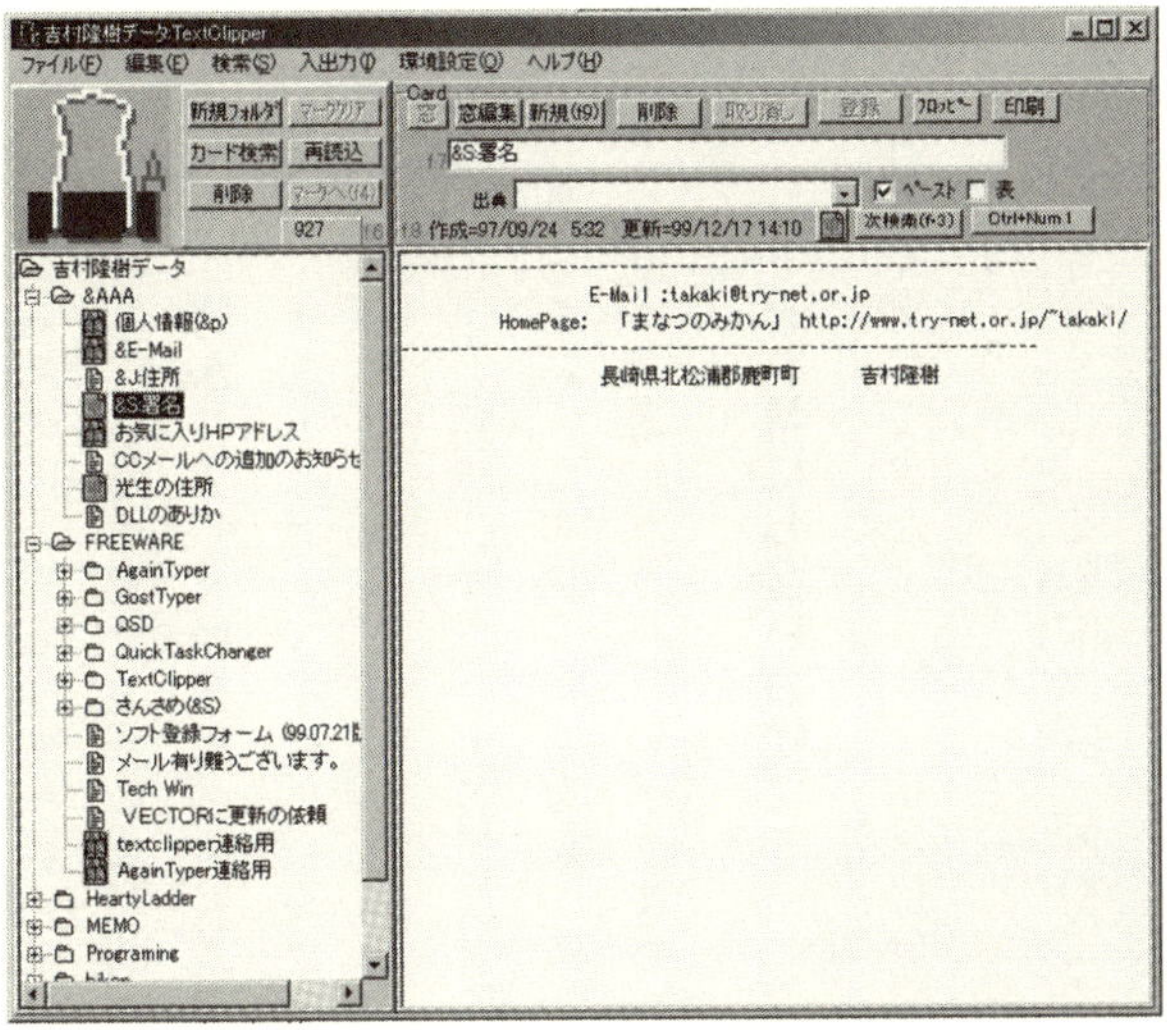

▲データベースソフト「Text Clipper」

特にデータベースソフト「Text Clipper」に関しては新聞に紹介されて、大きな励みになりました。忘れもしません。長野オリンピックの前日の『日本経済新聞』でした。ソフトのことが載っているとユーザーさんに教えていただき、新聞を取り寄せて、どきどきしながら載っているところを探しました。すると写真付きで私のソフトが一つだけ載っていました。ソフトについての説明もかなり詳しく書いてありました。

その記事を読んでうれしかったのは、記事の中にはソフトのことだけが書いてあって、私に関することは障害者ということはもちろんのこと、名前すら書いてなかったのです。それまでは新聞に載せてもらう場合、どうしても障害者ということが前面に出されて、「克服している」とか「頑張っている」とか書かれてしまいます。「自分ではそういうつもりはないのに」と思って、そんなにうれしくありませんでした。でも、その記事は純粋にソフトだけを見て評価してくださっているわけですから、特にうれしかったのです。

何度も何度も記事を読んだことはいうまでもありません。その新聞を見た方がフリーウェアとは知らずに、この切り抜きを持ってわざわざ池袋の街を、「Text Clipper」を買おうと探して回ったといううれしいメールもいただきました。

※ソフトを有料にしないわけ

これまで書いてきたように、私は自分で作ったソフトをフリーウェアとして無料で公開しています。うれしいことに、これまで多くの人たちからソフトに関するメールをたくさんいただきました。その中には、無料にするのはもったいないから、有料にしてはどうかと言ってくださるメールがいくつもあります。そう言ってもらえると、もう舞い上がってしまいたくなるほどうれしいのですが、なぜか有料にしようという気にはなりません。

ソフトを作るには開発用のソフトや、わからないところを調べるための書籍など、考えてみればかなりの金額を毎年費やしていて、有料にすることでその一部でも助かるとは思ったりするのですが、無料の理由をここで改めて考えると、一つはやはり、私はソフトを作ること自体が好きだからということです。

前にも書いたように私は昔から物を作ることが好きでした。何でも手をかければかけるほど良いものができます。その完成したものを想像しながら、精いっぱいの手をかけて作る過程が好きなのです。昔は手が不自由なために自分ではプラモデルなど作ることができず、弟に説明して一緒に作っていたほどです。でも、ソフトの場合は自分でも作れます。自分の考えたアイデアを自分の力で実現できるのです。それにソフトも手をかければかけるほど良いものができます。自分で全てできるため、どんなに難しいものでも、時間をかけてとことんやることができるのです。

正直言って私は専門的な知識がないので、そんなに高度なプログラムを作れません。でも、自分の技術でできそうな範囲の良いアイデアや、私の技術ではちょっと無理かとあきらめていたアイデアを実現するための方法がひょこっと思いついた時には、もう夜も眠れないほどわくわくします。アイデアが実現した時も、すごい喜びです。ソフトはそんな喜びを繰り返して完成に至ります。私はこういうふうにわくわくするソフトを作る過程が好きなのです。

次に、公開したソフトを使ってくださった方からいただくメールなどが楽しみということも理由の一つです。私のソフトに対して、「使わせていただいています」とか、「手放せません」というおほめのメールやお礼のメールをいただいたりしようものなら、もうその瞬間から幸せな気分になり、何度も何度もそのメールを読み返してしまいます。

そしてそれらに対して必ず返事を書くようにしています。するとそこから新たなつながりが生まれるケースもあるのです。それに「こういう機能を追加してほしい」という要望も寄せられると、そういう使い方もできるのかとか、自分だけでは思いつかなかったアイデアも生まれ、ソフトの完成度が高められていきます。

特に「Text Clipper」では、世界を飛び回っておられるライターの方や大学の先生、学生さんなど、自分でも信じられないほどたくさんの人たちに使っていただいているようで、多くのメールをいただきました。時にはソフトを使わせてもらっているお礼にと、アメリカのお土産を送っていただいたりしたこともあります。そういう時も、本当に喜んでもらえているんだということの実感が湧き、フリーソフトを作る大きな要因になっているのです。

一九九九年のゴールデンウィークには、後で書く「さんさめ」というゲームが縁で、家族で長野旅行に行ってきました。二組の「さんさめ」のユーザーさんが家族ぐるみで立山黒部アルペンルートや上高地、善光寺などをずっと案内してくださって、とても心に残る旅になりました。

このようにソフトを作るということは、今の私にとって一番の楽しみであり、それと同時に多くのユーザーさんとをつないでくれるものになっています。ですからそういうことに対して、金銭を関係させるのはなるべく避けたいと思っています。金銭が絡むことでそういう大切なものが別のものにすり替わるような気がして、フリーウェアにしているのです。

※母を夢中にさせた「さんさめ」

ところで最近、フリーウェアの開発にもう一つ感動を与えてくれるものが加わりました。それは一つのものを共同で作るという喜びです。

最初のきっかけは一九九七年の産業文化祭の打ち上げの時でした。パソコンクラブのメンバーでお酒を飲みながら、文化祭を振り返ったり、世間話をしていた時に、話が昔よくやった「さめがめ」のことになりました。メンバー全員そのゲームに夢中になったものばかりで、すぐにその話題で盛り上がりました。そして突然、あの駒の向こうにまだ駒があったらどうだろうという話が出ました。

最初はみんな立体になるから作るのは難しいだろうと、それほど真剣には考えていないようでした。ただ私だけは別でした。「きっとゲームとしては面白いに違いない。問題はどうやって立体に積んだ駒を画面でわかりやすく見せるかだ」、そう思ったとたん猛烈に考えだしました。そしてふと思いついたのが「三段ぐらいなら、ピラミットのように正方形を同心円のように重ねるようにすることで、うまく見せられるかも知れない」ということでした。その場で「ちょっと作ってみるけん！」という発言をしてしまいました。この時はみんなも半信半疑だったように思います。それで作ったのが、「さんさめ」というゲームです。名前の由来は「三段のさめがめ」でした。

その夜から、眠れない夜が続きました。良いプログラムのアイデアが思いつくといつでもそうです。身体のことを考えて、最近はできるだけ夜一〇時以降はコンピュータを使わないようにしていました。長時間パソコンに向かっていると腰に変な負担がかかるようで、すぐに痛くなるものですから、できるだけプログラマーとして今の仕事を続けていきたいので、自分なりに考えてそのように決めていました。ですから深夜にコンピュータを触るなんていうのはもってのほかです。

その日も打ち上げがすんだのはずいぶん遅い時間だったので、「さんさめ」のおぼろげな構想を頭に残したまま布団に入りました。ところが、そういう時は必ず目がさえて、そのことばかり考える羽目になります。どういうプログラムにすればうまくいくかとか…。もう今すぐにでも作りたいという気持ちでいっぱいになります。もしこの家に自分一人しかいなかったら、きっと布団から抜け出してコンピュータの前に座り、朝までプログラミングを続けただろうと思います。でも、その時はそれをぐっとこらえて朝を待ちました。

翌日、朝になるやいなや、朝食も取らずにコンピュータに向かい、ゲームのプログラムを作り始めたのです。そして遊べるぐらいのプログラムになるまでに三日で作ってしまいました。この間、夜になると例のごとく頭の中をこの「さんさめ」に関するいろんなものが渦巻いてよく眠れません。

そうして三日目、最初のバージョンができました。結局、最初に考えたピラミット型というのは見にくくて、斜めから見た表示にしました。それに段数も実際に遊んでみると四段が最も見やすくて面白いということになり、「さんさめ」という名前も「三次元さめがめ」の略ということにし、今のような形になりました。

最初のバージョンができて、さっそく、あの時一緒に飲んでいたメンバーに見てもらいました。私自身、作りながら遊んでみて、ついついテストのつもりがゲームに夢中になるほどだったので、面白いという自信がありました。メンバーに見てもらったところ、私の予想通り、みんな夢中になるほど楽しんでくれました。この時もうれしさで心臓が高鳴ったのを覚えています。

「さんさめ」のマニュアルにも書いてあるのですが、この時、母にも面白いかどうかゲームをしてもらいました（母も「さめがめ」のファンでした）。すると、すっかり夢中になってしまって…。ふと気がつくと、何か焦げ臭いにおいがあたりに漂っているではありませんか。メンバーの一人が「何か焦げ臭かばい」と母に言うと、母は夢中になっているゲームから、はっと我に返って台所に飛んでいきました。するとコンロにかけてあった鍋が真っ黒に焦げていたのです。みんなが帰った後、「よりによってみんなのいる時に、ゲームに夢中になって鍋を焦がすなんて、格好悪い」と母は苦笑いしていました。

この時の出来事は面白くて、夢中になる証拠としてマニュアルにばっちり書かれてしまいました。「絶対にハマること請け合い。なにしろ、試作版でTakakiの母が家事を忘れてナベを焦がしたほどですから…。始める前におたくのコンロの火、消してますか？」と。母は「格好悪い」と言いながらも、まんざらでもないようでした。

それから、メンバーが協力して公開用の「さんさめ」作りが始まりました。ゲームソフトではプログラムも大切ですが、見栄えもまた大事な要素になります。それでメンバーの人たちは私の苦手なグラフィックや効果音を担当してくれました。アイコンに始まり、クリア画面やゲームオーバーの画面、駒やマニュアルもそうです。みんな自分に妥協することなく、一所懸命作ってくれました。ある程度できるとみんなに見せ、そのたびに、「すごい」とか、「格好いいね」とか言い合って、着々とできていくのをみんなで喜び合いました。みんなで同じ目標に向かって作っていることの楽しさやうれしさを私は満喫していました。

それから約一カ月後、最初に「さんさめ」の元になった、「Chain《チェイン》 Shot《ショット》」というゲームを作られた方にも了解を取りつけました。そしてそのゲームも、作った全員の名前をマニュアルに載せて、やはりフリーウェアとして公開しました。

すると、想像をはるかに上回るような量の反響がメールや掲示板に寄せられました。「面白くて寝る間を惜しんでやっています」とか、「仕事になりません」といった内容がほとんどでした。「ナベはまだ焦がしていませんよ」というメールも。それらを読んだ時も、もちろんこれまで通り、舞い上がってしまうぐらいにうれしかったのですが、この「さんさめ」に関しては、仲間で協力して作ったということもあって、喜びはひとしおでした。

いろんな雑誌や新聞にも取り上げてもらいました。掲載された記事やメールなどは全て報告しあいました。そのたびにメンバーたちは私と同じように喜んで、うれしそうな顔を見せてくれます。そのたびに、私も一人での時の何倍もの大きな喜びを感じるのです。一つのものをみんなで作る時の楽しさ、そしてそれを成し遂げた時の達成感がこれほどすばらしいものなのかということを、この「さんさめ」で味わっています。ですから最近では、この喜びを味わいたくて、共同でフリーウェアを開発、公開しているというところも大きいのです。

今ではインターネットを通じて「さんさめ」の駒を作って送ってくださる人が何人も出てきて、全国にその輪が広がっています。また文化祭などでも「さんさめ」を展示して遊んでもらったりして、そんな様子を見て「俺たちが作ったんだ」という誇りのようなものを感じています。

※持ち込まれた相談

ところで、ここ一年半ほど夢中になって作っているソフトがあります。それが「Hearty《ハーティー》 Ladder《ラダー》」という障害を持った人たちのためのソフトです。最初は鹿町町《しかまちちょう》の保健婦さんが身体の動かせないお年寄りがコミュニケーションを図るために何かいい方法がないかと、私に声をかけてくださったのがきっかけでした。それで集まったのが保健婦さん三人と、パソコンクラブのメンバーの一人である役場のSさん、病院の作業療法士、医療機器を扱う会社の方、そして私の七人でした。

最初の集まりの時、対象となるお年寄りの症状などを伺って、ボタン一つなら何とか押せるということがわかりました。またその時に医療機器会社の方も「私にも一人、意思伝達のことで相談されている人がいる」と言われました。緊張がひどくて一つのボタンを押すことすら難しいということでした。でも何とかいい方法を探して、一つのボタンで使えるソフトを利用できるようにさせてやるつもりだと言っておられました。

それで一つのボタンが押せるならいろんなメーカーから出ているスキャン方式の文章作成ソフトが使えそうだということになりました。でも、最初から文章作成なんて面白くないだろうということで、遊びの感覚で練習できるゲームを作って欲しいと言われました。その時、一応引き受けはしたのですが、ゲームを作るといってもアイデアがないので、それほど「作るぞ！」というようには燃えませんでした。やはりソフトを作ろうとする時は、自分でも面白いと思うようなアイデアが閃《ひらめ》いた時でないとそういう気にはなりません。ましてや既存のものと同じようなものは作ろうとは思いません。それで数日間は何を作ろうかと漠然と考えていました。

そんなある日、長崎の医療短期大学に行っておられる、私の手術の時に療育園の園長だった先生から相談があると呼び出されました。その相談というのが、ある人にパソコンを使えるようにと考えているのだが、一つのボタンで入力できるソフトを作れないかということでした。それを聞いて、まずスキャン方式のものならたくさんあるということを説明しました。すると先生は、それらは待ち時間が長くて駄目だと言われるのです。もっと待たなくて良いようなものを作れないかと、メーカーやソフト会社の人にも相談したそうなのですが、全然要望を聞いてもらえなかったそうです。

確かにスキャン入力という方式は素早く思ったところでボタンを押せる人にとってはすごく早く入力できる方式です。さっさと入力されている様子をテレビで見てびっくりした覚えがあります。ところが、タイミングがうまく取れず、「ここ！」と思った瞬間にボタンを押せない人の場合、自分で押せる程度にスピードを遅くしないといけません。それにより全体的な速度がものすごく遅くなるということになります。

私も以前、一度使わせてもらったことがあるのですが、正直言って、押したい文字の所にカーソルがくるのにすごく待たされてちょっと使う気にはなりませんでした。ですから、先生にそのことを聞いた時、「ああ、あのことか」とすぐにわかりました。先生もことのほか熱心に話をされるので、私もだんだん深く考え出して、一つの提案をしました。

それは、昔スキャン方式のソフトを体験して、あまり良い印象を抱かなかったから、もっといい方法はないかと思って一人で考えていたものです。でも自分にとっては必要ないし、必要な人も近くにはいないからということで胸の奥にしまい込んでいました。

　その方式というのはひらがなの五十音表を画面に表示して半分ずつ絞り込んでいくというものです。まず、全体を半分に分けてそのどちらに目的の文字があるかを選びます。つぎにその選んだ半分をまた半分に分けて目的の文字がある方を選びます。これを繰り返すことで、最後に目的の文字に辿りつくというものです。ただ難点は、選んでいく時にボタンを押す回数がこれまでのスキャン方式より四倍も多くなるということでした。でもその分、待ち時間はほとんどなくなり、待ち遠しさは感じなくなります。そのことを先生に話すと、予想した以上に感激されて、「そんな方法があるのならぜひ作って欲しい」と言われて、作ることを約束して帰りました。

　翌日、メンバーの人たちに了承を得て、ゲームよりも「半分半分絞り込み方式」の文章入力ソフトに取りかかりました。それからほどなくして、今度は以前、DEER-NETで知り合った養護学校の先生から突然メールが届きました。内容は「教え子の一人にパソコンを使わせたいのだが、障害が重くて文章入力するためにどんなのが良いかわからなくて困っている。市販のものもあるけれど高価なのでとても買って試すことはできない」ということでした。福祉の給付制度もあるのですが、そのソフトが使えることが大前提なのだそうです。それで今、頼まれているソフトがあるので、もしかしたら私の考えているものが使えるかも知れないということを伝えました。

まもなくしてあることがわかりました。それというのは、続けて相談を受けた三人は同じ人物のことだったのです。そのことがわかった時、そんなに多くの先生方にいろいろと考えてもらって幸せな人だと思いました。そして、全てが巡り巡って私のところに来たと思うと、何かおかしいやら、うれしいやら、何とも不思議な気持ちでした。すぐに本格的にそのソフトの開発を始めました。

※有力な助っ人

このソフトで最も重要なのは文字を選択するための五十音表をいかに見やすく、良いものを作るかということだと思っていました。でもそれはパソコンでマウスを使って絵を描くような緻密《ちみつ》で根気のいる作業になるため、私ではどうしてもできそうにない作業でした。どうしようかと考えていた時、協力してくれる人が現れました。少し前からメール交換をしていた女性にそのことをついつい話したら、「手伝わせて欲しい」と言ってくれたのです。その女性は、昔プログラマーをしていたということもあって、パソコンにはかなり詳しく、安心してお願いできると思ったのですが、私の予想では本当に根気のいる作業で、もしかしたらプログラムを組む私よりも大変な作業になると思われました。ですから、そんなことをお願いしても大丈夫かと、最初はずいぶん心配しました。でも、そのことを確認するたびに、快く「いいよ」と返事をくれて、結局、デザイン全般をお願いすることになったのです。

最初のバージョンができたのは一カ月ほどたったころだったと思います。当初の計画ではそんなに大がかりなソフトを作るつもりはありませんでした。ただ五十音表からひらがなを選び、簡単なひらがなだけの文章を作れる程度のものを考えていました。そしてそれが最初のバージョンでした。

五十音表も彼女のがんばりで、白地に濃紺《のうこん》の大きな文字が並んでいて、とても見やすいものができていました。文字を選ぶ方法も計画通り半分半分と絞り込んでいく方法を実現することができていました。作るまでは頭の中では何となく感じはわかっていたのですが、実際に使ってみて気持ちよく文字を選択できるかどうか少し心配でした。でも、実際にテストで使ってみると思っていた通り、テンポよく絞り込みができました。「これなら、使えるかも知れない」とわくわくしながら、例のメンバーに披露する日ができました。

メンバーの見守る中、私はプログラムを実行しました。するとまず、見やすい五十音表を見て、予想以上にいい反応を示してもらいました。五十音表は私が作ったわけではないのですが、その時は自分のことをほめてもらったようにうれしかったものです。その感動が覚めないうちに、今度は操作方法の説明に移りました。「これでもう一回感動してもらおう」と一人で思いながら、マウスを他の人に渡して操作してもらいました。

ところが、「半分半分の絞り込み」という方式が今までに見たこともない、独特の方法だったので最初は要領を得ず、感動してもらうどころか、みんな戸惑った様子でした。その様子を見ながら私も少し焦りましたが、この方法を採用した理由や「はい、はい、はい」というかけ声を使って選択するコツなどを一所懸命説明しました。そして時間がたつにつれて、選択のコツをつかみ、スムーズに操作できるようになりました。最後には私が待っていた「半分半分絞り込み方式」は良い、という感想ももらいました。

さらには、私たちが作ったプログラムのできが思っていた以上に良かったみたいで、「これなら売れるかも知れない」とまで言ってもらえたのです。そんな風に言われると、いつものように舞い上がるくらいうれしい私です。俄然張り切って、次はファイルの保存や読み込み、印刷もできるようにしておくことを約束して、その日の会はお開きになりました。

※目をみはる画像

翌日から、約束の機能の追加にかかりました。新しい機能を追加するたびにデザインを担当してくれている彼女に連絡して、その機能にあった絵を五十音表に埋め込んでもらいます。時には大きな変更もあったりしてそのたびに全部書き直してくれたりして、結構大変だったと思うのですが、みごとにやってのけてくれました。新しく書き直してくれたデータをメールで受け取るたびに、一所懸命やってくれていることがわかって、胸にじんときたものです。

ところで、そんなある日、送られてきたファイルを開いてみて、私は目をみはりました。なぜなら、その五十音表が私の予想していたものと全然違っていたからです。それまでは白地に濃紺の文字で字は大きくて、とても見やすかったのですが、その日に送られてきたものは——五十音表は明るい水色の背景に濃紺の文字、それ以外の部分はクリーム色の背景というふうに、見るからに明るい画像で、何かかわいいというか、暖かみを感じさせるものに変わっていたのです。

実はここまでの過程で、このソフトについていろいろと装備したい機能などをメールで話しながら作っていたのですが、一番最初の段階で、ある機能のことを話していました。それは五十音表の一番左上にあるラブレターボタンのことです。「もし、今まで文字を打ったりできなかった人がこのソフトを使って打てるようになったらうれしいなあ。もしかしたらラブレターなんかも書くかも知れないから、誰かが来た時にパッと隠せるようにしておいたらいいかも…」

そのことを彼女にメールで送ったら、「素敵なこと」とすぐに賛成してくれました。ですから、おそらくそのことが頭にあって、ラブレターを書くということをイメージして作ってくれたから、こんな明るくて、暖かみのある画像になったのだと思います。

その画像を見た瞬間から、私のこのプログラムを作ることに対する熱意というか、思いが大きく変わったような気がします。それまでも、「さんさめ」や「Text Clipper」を作った時と同じように、少しでも良いものを作ろうと、自分なりに精いっぱい頑張っていたつもりでした。でも、今思えば、作っているものは単なる文字を入力するためのソフトでした。といっても作っていた「半分半分絞り込み」という方式はそれだけでも結構自信のあるものなのですが、しかしその送られてきたスカイブルーの五十音表を見た時から、このソフトに対する考えが単なる「文字を入力するためのもの」から、「自分の思いを伝えるためのもの」に変わったのです。

それから本当にいろんなことが頭をよぎりました。「このソフトをもし必要とされている人がいるとしたら、きっと障害が私よりも重い人だろう。でも人に聞いてもらいたい思いなどもたくさんあるはず。それを伝えるためにこのソフトが使われるんだ」というようなことを…。そんな風に思うと、これまで以上にこのソフトに対する思い入れが強くなっていきました。

そして単に使いやすいソフトというのではなく、使っていて心地良いようなソフトを作りたいと思いました。それからというもの、このソフトに関して本当にいろいろな工夫を考え、実現させていきました。

まず最初に思い立ったのは漢字の入力でした。やはり自分の大事な思いを伝えようと思ったら、ひらがなだけの文章よりも、漢字交じりの文章の方が良いと思いました。ただ、そうすると変換するための辞書が必要になります。それを作るのは考えるだけでも大変そうで、どうしようかと本当に迷いました。そのことを一緒に活動している役場のSさんに相談したら、みんなで分担してやろうと言ってくださり、決行にいたりました。

※辞書作りにも細かい配慮

辞書づくりは、予想していた以上に大変な作業でした。参考にさせてもらった辞書はあったのですが、あまり出てくる単語が多すぎるとその中から選ぶのにも負担がかかると思い、数十万もある単語を五人で一つずつ最初からチェックして、自分が使うと思う単語を選び出して作っていきました。あまりの量の多さに途中で挫折しかけた人もいたようですが、何とか半年かけてできあがりました。

次に考えたのが、そうして作った辞書を利用して、「ボランティア」などのような長い単語は「ボラ」と入れただけで、目的の単語「ボランティア」を選べるようにしました。できるだけ入力する文字数を少なくしようという考えからです。そのほかにも単語を選ぶと、その次に使うと思われる助詞や単語が出てくるようにしたり、前に使ったフレーズを覚えていて二度目からはすぐに出てくるようにしたりと、自分が使ってみて思いついたものは全て組み込んでいきました。

また、私もパソコン通信がきっかけで、こんなにも自分の世界が広がったのだから、このソフトでぜひ、メールのやりとりもやって欲しいと思い、E-MAIL機能もつけました。

正直言ってこのソフトのプログラミングは、これまで作ってきたどのプログラムよりも難しいものでした。それまではＦＭ放送を聞きながらいつもプログラムを組んでいたのですが、このソフトではそういう芸当はできませんでした。それどころか、うまくいかなくて、最初から作り直した部分もあります。そんなにしてまでも、このソフトを作り上げられたのは、やはり私のこのソフトに対する思い入れが強かったのだと思います。

これまで書いてきたように、小学校のころ、親と別れてつらかったこと、学校を卒業して家に帰ってきた時、友だちがいなくて寂しかったこと、パソコン通信と出会った時の感動、「いらっしゃい」とたくさんの人にパソコン通信で歓迎された時にものすごくうれしかったこと、そして現在も初めての人などには言葉が通じずにもどかしく思うことがあることなど、このソフトを作りながら、使ってくださる人のことを想像すると、あれこれ自分のことが思い出されるのです。私も同じ障害者だから、同じ立場の私だから、こだわれる部分もあるはず、このソフトはそういう部分にとことんこだわって、私自身でも「使う気になる」ようなソフトにしようと、何度も思いました。

※思いを込めた「一生一品」

ちょうどそのころ、ＮＨＫの朝の連続ドラマでは和菓子職人をテーマにしていた『あすか』が放送されていました。そのクライマックスは主人公のあすかが、自分にとって今までで最高のお菓子、「一生一品」を作り上げる場面でした。それを作りながら、今まで出会った人、出来事、懐かしい風景などを思い出しながら胸を熱くしているシーンがあり、それがとても印象的でした。この場面が、ちょうど同じころ、同じように昔の自分を思い出し、そこから湧き出してくる何とも言えない感情をも注ぎ込んでソフトを作っている自分と妙にオーバーラップして、そのたびに「自分にとってもこれが一生一品！『ＱＳＤ』や『Text Clipper』などで培った技術を全て使った集大成だ」と、一人でさらに熱くなったものでした。

一方、一緒にこのソフトに携わってくれている人たちも多分同じだったと思います。ソフトができあがっていくにつれて、私の思いがみんなに伝わるのが感じられました。区切り区切りでみんなで集まってソフトのでき具合を見てもらったりした時も、「こんなにすごいものができるとは思いもよらなかった」と言って驚いてくれて、そのソフトの今後のことで熱くなって語り合ったものです。

マウスを使えない人もいるだろうからと、自分でいろんな部品を買ってきて、簡単に別のスイッチにつなげるようなものを作ってきてくれたり、いろんな資料を集めて来てくれたりと、それぞれが一所懸命に関わってくれました。

やがてみんなの協力の下、そのソフトは完成しました。名前は、決まるまでにはいろいろ案もあったのですが、結局「Hearty《ハーティー》 Ladder《ラダー》」に決めました。この名前も、ものすごく気に入っています。意味は「こころのかけはし」です。「hearty」という単語もこのソフトのイメージ通り、ピンクで暖かい感じがしますし、「かけはし」は本当は「bridge」なのだそうですが、そんなに大げさにせず、本当に一人一人の小さな、そして大切な思いをつなぐ「はしご」のようなものになればと思ってこの名前になりました。

ソフトのデザインも、デザインを担当してくれた女性のおかげでピンクを基調とした、男の私が作ったソフトとは思えないファンタジックなものになりました。これなら楽しく

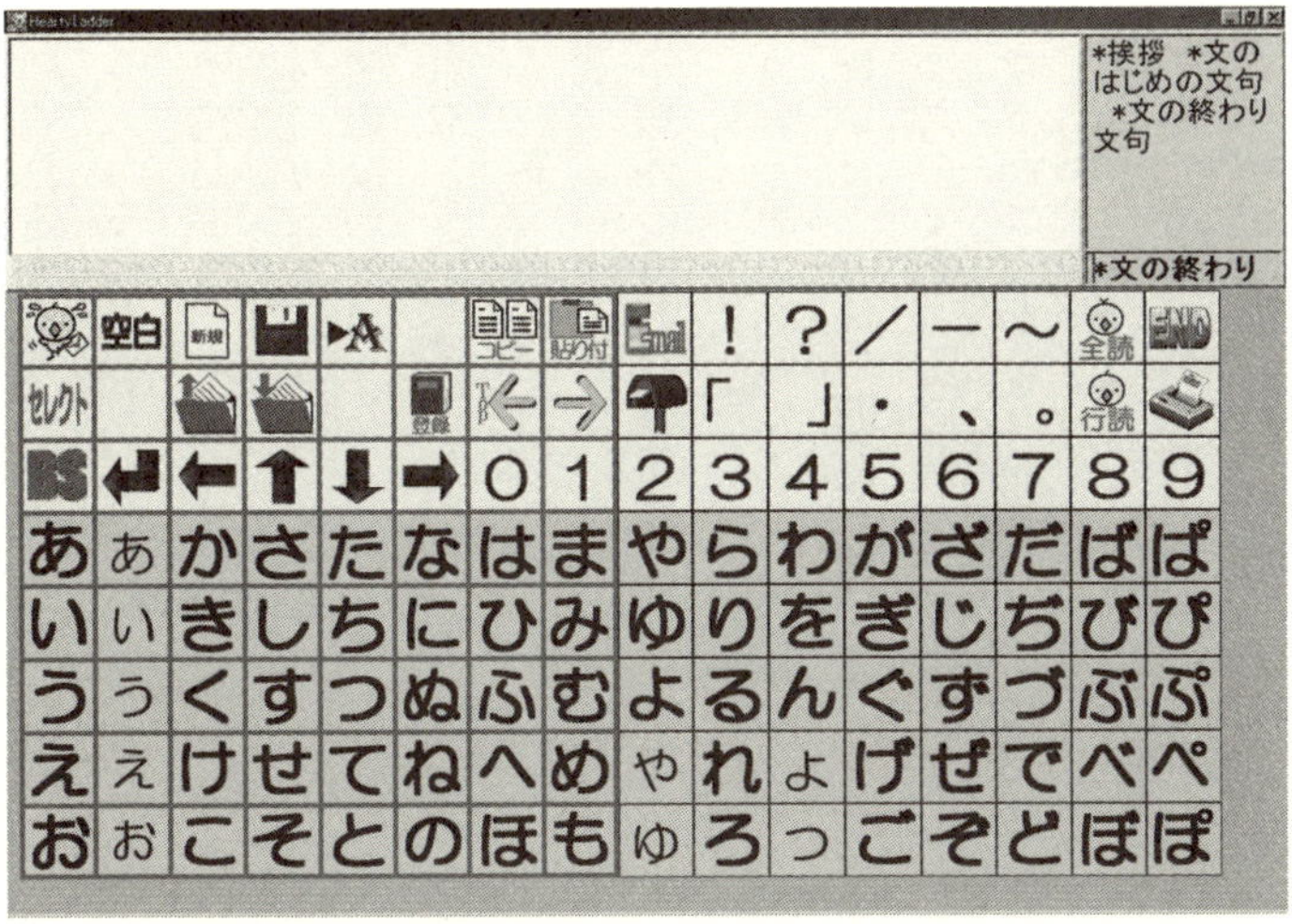

▲Hearty Ladder。右クリックで文字を絞り込んでいく。

手紙やメールも書いてもらえそうな気がして喜んでいます。

公開を前に、「Hearty Ladder」を有料にしようかとか、特許を取ろうかとかいう意見も出たのですが、結局、メンバー全員の同意で、無料のフリーウエアでの公開にしました。このソフトを本当に必要として使ってくださる人はおそらく障害も相当重い人だと思います。そういう人たちに対して、有料で配布するなんてとても考えたくないことでした。それに無料なら気軽に試してもらえることもできます。

私もそうですが、なんでも初めて使う時はとても緊張して、うまく使えないものです。それに何日間とかいう期限を切られると焦りも出て、また緊張して、本来の動きができません。このソフトにはそういう人たちにも、じっくり試してもらいたいという私たちの思いもこもっているのです。

私たちは良く話しています。「たくさんの人たちにこのソフトを使ってもらえたら、それに越したことはないし、うれしいに違いない。でも、このソフトに関してはそういうことは望めないと思うし、望もうとも思わない。たとえ一人でも良いから、今まで思いを伝えられなくて困っている人が、このソフトを使って、思いが伝えられるようになったなら、それが一番うれしいこと」だと。

※予想外のうれしい反響

そういう思いを胸に二〇〇〇年の八月一〇日、「Hearty Ladder」を公開しました。すると驚いたことに公開した日、オンラインソフトの有名なサイト「窓の杜《もり》」が紹介してくださったのです。正直言って「Hearty Ladder」のような誰もが使うわけではない特殊なソフトがまさかそういうサイトで紹介されるとは思ってもみないことでした。でもその時は、こういう特殊なソフトも取り上げてくださるんだ、となんだかうれしくなりました。

そしてその紹介のおかげで数日のうちに五百人を超す人たちが、このソフトをダウンロードしてくださいました。説明にははっきりと、「キーボードやマウスが使えない人のためのソフト」と明記してありましたので、ダウンロードされた方のほとんどは、その方面に興味がある方だったのではないかと思います。

まもなく、メールや掲示板にこのソフトを使った感想が数多く送られてきました。正直、こんなに早く、そしてこんなにたくさんの反響が返ってくるとは予想もしていませんでした。さまざまな思いのこもったソフトだっただけに、その時は本当に体が震えるほどうれしかったです。メールや掲示板の内容も、「このようなソフトを待っていました」とか、「使ってみて感動しました」というものがほとんどで、一緒に作ってきた仲間たちと喜び合いました。また、実際に使ってくださっている方からは、「もっとこうした方がいいのでは？」という、私たちでも気がつかなかったことを教えていただいたりして、そのたびに改良を重ねています。

私たちの「Hearty Ladder」を一緒に作ったメンバーの活動も「Hearty Ladder」ができて、次の段階に入っています。現在はマニュアルを作ってくださったのがきっかけでパソコンクラブのＹさんも仲間に加わり、「パソボラ 心のかけはし」という団体を正式に立ち上げ、地元で「Hearty Ladder」等を使った意思伝達の支援などをしています。一定期間、「Hearty Ladder」の入ったパソコンを貸し出して、その間に納得いくまで使ってみてもらって、それが使えるかどうか、じっくり判断してもらおうというのが活動の中心です。

その中での私の主な役目はやはりプログラムの改良です。メンバーが「Hearty Ladder」を持って行って、試した報告を聞き、問題があればできる限りその人が使えるように修正しています。月に一度定例会を開いて、いろんな報告を聞くのですが、今まで何もできなかった方が「Hearty Ladder」で名前を打てた、という報告を聞いたりするとうれしくて震えが出るほどです。

ごく最近では、その「名前を打てた」という方がだいぶ「Hearty Ladder」を使えるようになられて、通販で自分のノートパソコンを買ったから、「Hearty Ladder」を入れて欲しいといってこられました。そのことを聞いてまた喜んだものです。一方、「Hearty Ladder」を作るきっかけになった方は、どうしてもボタンを押すことができないため、声で反応するように改良して、今、練習中とのことです。

私たちは現在のところ、みんな手弁当で活動しています。「○○さんのスイッチを作るために、八千円もするものを買ってしまった。また嫁さんに怒られるばい」と苦笑いしながら報告する人や、「こんなのを作ってみた」と言って、きれいに印刷したCDのシールをばさっと惜しげもなく差し出して得意げに笑う人、「これに熱中するのはとても楽しいのだけど、帰りが遅くなったりすると、あとが怖い」と笑いながら眉を寄せる人など…。

そんなみんなの顔を見ていると、「それぞれ本当に楽しんでやってくれている。私もその中の一人なんだ」と思えて無性にうれしくなるのです。同じ目標に向かって活動することの楽しさ、喜びを共有できる人たちがいることのすばらしさを今、この「Hearty Ladder」を通しての活動で満喫しています。「Hearty Ladder」というソフトは、私自身の「心のかけはし」でもあるのかも知れません。

※優しい仲間たちの住む町

これまで書いてきたように私はパソコンというものに出会ったおかげで仕事にも就けたし、たくさんの友達にも恵まれました。重度の障害にもかかわらず仕事にも就けて、地域でこうしていろんな活動をしているということで、何度かテレビや新聞で取り上げてもらいました。「Text Clipper」や「Hearty Ladder」の時は別として、そのたびに私自身、戸惑いを覚えて、あまりうれしくはありませんでした。なぜなら、私自身、今までに特別頑張ったという覚えがないからです。

もちろん、就職したいということや、地域にも友達が欲しいという強い願望はずっとありましたが、そのために何かを頑張ったというわけでもないし、頑張ろうと思っても、いったい何をすれば良いかわかりません。

「それでは何が？」と思って、今改めて振り返ると、私は「こうなりたい、こうしたい」という夢や願いを一応あきらめずに持ち続けていること。そして後はただ、その時その時で楽しいこと、やりたいこと、すべきことをごく普通にやってきただけのように思います。そして、その時々で、いろんな人との巡り合わせで今の自分があると思うのです。

最近では地域のいろんな集まりにも声をかけていただき、地域の人たちとお酒を飲む機会も結構あります。そういう席で仲間の一人として、話しかけてきてくださったり、話の輪に入れてくださったりする時、本当にこの町に住んでいて良かったと実感する瞬間です。

一九九七年の夏に、特にひとつ忘れられない経験をさせてもらいました。それは、私の住んでいる鹿町で行なわれた海洋オリエンテーリングに出場したことです。これは、シーカヤックに乗って島や入り江におかれたポイントを巡ってくる海のオリエンテーリングです。遊園地に行っても、どんなに大丈夫だからと言って頼み込んでも危ないからと、ジェットコースターには乗せてもらえません。でも私の住んでいる鹿町では、ジェットコースターよりはるかに危険と思われるそのオリエンテーリングに二つ返事で出場させてもらえることになりました。

最初、まだ一度も乗った経験がないと言うと、一緒に活動している人たちが試しに乗せてやるとおっしゃるのです。試乗の前に、母が迷惑ではないか心配で、大丈夫か聞いてみ

▲シーカヤックに乗って海洋オリエンテーリングに出場。

たそうです。すると、「乗せるのを楽しみにしているから」と言われたそうで、私もそのことを聞いてうれしくなりました。そしてうまく試乗できた時には、みんなが自分のことのように喜んでくださいました。

本番の海洋ＯＬには友だちのように親しくしてもらっている社会福祉協議会のＩさんとペアで出場しました。「私にも乗れそうだから…」と、ちょっと言ったら、「シーカヤックは持っているから、出てみようか?」と言ってくださって、ペアで出場することになったのです。

海洋ＯＬの当日は、海はすごい風と波でとても怖かったです。おまけに私がちょっとルートを間違って、さらに波が高いところに行ってしまいました。そこではシーカヤックの後方から次から次へと追い抜いていく幾筋もの波にさらされて、転覆しないかと本当に冷や冷やしました。「ここでもし転覆したら救助の船もいないし、本当にやばいかも知れない」と生まれて初めて命の危機を少し感じました。でもペアを組んでくださったIさんのがんばりで、転覆することもなく無事にゴールできました。

シーカヤックがスピードに乗ってくると、私の漕《こ》ぐパドルが水に取られて転覆しそうになるため、半分以上はIさんが一人で漕いでくださって本当に大変だったと思います。また途中、伴走してくれている船から「よしむらぁ、がんばれぇ」という声や、港の近くの防波堤で待ちかまえていてくださっていた人たちの声援が耳に入り、胸が熱くなりました。

後で聞いた話では、その伴走してくれていた船はスタートからゴールまでの二時間半、特別にずっと後ろからついてきてくれていたそうです。そしてゴールすると、私の直前にゴールしたショッピングセンターの店長さんが、自分も疲れているのにもかかわらず、待っていてくださって、私をシーカヤックから筏《いかだ》にあげてくださいました。

海洋OLを通して、私はこんな優しい人たちのいる町に住んでいるんだなあと改めて思いました。

※「自立」とは何か？

今の私の願いは、できるだけこんな素敵な人たちのいるこの町で今の生活を続けたいということです。それは逆に言うと、果たしていつまでこうやって生活していけるのかという不安でもあります。

果たしていつまで今の仕事を続けることができるか…、それは会社が私の技術をいつまで必要としてくださるかということでもありますが、それ以上に私自身の生活ということの不安があります。今は両親も元気で、出勤や出張の時にも協力して連れて行ってくれていますが、これがいつまでもというわけにはいかないでしょう。自宅での生活についてもそうです。これからはそういうことも考えていかなければなりません。

障害者が生活をしていく上で「自立」というキーワードがいつもつきまといます。私も常にその言葉は意識しています。

これまで聞いた話では、「自立」とは「仕事に就いて、人に頼らずに生きていくこと」「一人で生活できること」とかいうことが多いです。でも、私自身、仕事にこそ就けましたが、まだまだ両親を初め、周囲の人たちの手を借りることも多いのです。親元から離れて、ヘルパーやボランティアの力を借りて、一人暮らしをしておられる人の話もよく耳にしますが、それが「自立」ということであっても、正直言って、今現在はそこまでしようとは思いません。そういう勇気がないのかも知れませんが…。それとも、まだ甘えがあるのかも知れません。私にはまだ元気にしている両親がいます。今は両親と一緒に支え合って生活していきたいと思っています。でも将来、その必要性が出てきた時には、私もそういう道を選ぶと思います。

私が、講演などで「自立」についていつも話していることがあります。それは「自立ということには、経済的自立、身辺的自立といろいろな考え方があるけど、私は精神的な自立が一番大切だと思います。つまり、自分がやりたいこと、なすべきことをちゃんと見極め、それを決定づけることができるなら、それは立派に自立していることになるのではないでしょうか？　そしてそういう自立なら、どんなに体が不自由でも、どこにいようとも可能だと思います。そして、その自立のためには先ず、自分がこうなりたいという夢を持つこと、それに向かって努力することが大切だと思います」と。

ずいぶん、自分勝手な解釈だと思われるかも知れませんが、私みたいにもう一つ「自立」ということについて自信が持てない人にも元気になってもらいたくてこんなことを言っています。もちろん自分に対しても。

でも頭の中でそう割り切っていても、実はつい最近まで、両親と一緒に生活している自分と、親元を離れて一人暮らしや施設で頑張っている方たちと比べた時、胸を張って「私は自立している」とは言えませんでした。「親と一緒に住んでいて、まだ甘えているじゃないか？」などと言われそうな気がして、怖かったのです。

しかし、最近出席した懇親会で、社会福祉を学んでいる女性から、「人はみな自立生活が最終目標ではないはず」という言葉を聞いて、はっとさせられたのです。「目標や夢はもっと違うところにあるはず、それなのに『自立』、つまり一人住まいや施設での生活ができているということだけをうらやましく思うのは何かおかしい」と言われるのです。やはり家族で一緒に暮らしたいという人もいるはずだし、その方がいろんなことを我慢して生活するよりは楽しい場合もある。せっかくの人生だからと…。

これを聞いた時、なんだか胸のつかえがおりたような気がしました。そしてたった一度の人生なのだから、今、もっと自分にとって大切なことに目を向けてもいいのではないかと思いました。確かに、今、一人で生活していけるようになっておくことで、自分も親も安心するでしょう。もちろんそういう生活をしたいという人は頑張って良いと思います。

また逆に、家族と一緒に生活したいという人も胸を張ってそうすれば良いのではないかと思います。「自立」ということは決してゴールではなく、自分のやりたいことや夢のための一つの手段に過ぎないと思います。もちろんそうして一人でも生きていけるようになることは、特に私たち障害者にとっては重要です。

でも人はだれでもいつかは一人になるものです。一人での生活はその日が来てからでも遅くはないと思います。これだけ福祉が進んできている日本なのだから…。それよりも「たった一度の人生」と考えた時、「自分一人で生きていく生活」ということだけにこだわるのではなく、もっと自分の愛する家族との生活を大切に考えて良いのではないかと思えるようになりました。こういうことからも、「自分の生きていく道を決定づけられること」これが「自立」ということだと思うのです。

※自分の家庭を築く夢

それともう一つ「自分の家庭を築く」ということも私の夢の一つです。はっきりと言ったことがないのでちょっと緊張しますが、つまり結婚です。学生時代「結婚せん」と言っていたことを書きましたが、それでもずっと、結婚に対するあこがれは持っていました。たぶんそれは普通一般の人が持っているあこがれと少しも変わらないものだと思います。

でも重度の障害があって、自分のことすら満足に自分でできないような私がそういった話をするのは何か悪いことのような気がして、そういう話題はつい避けがちになります。そのくせ、周囲の人たちが結婚の話題で盛り上がっている時に、自分のことが外されていると、どうしようもないほど落ち込んでしまったり、逆に、冗談でもそういう話に私のことも出されようものなら、ものすごくうれしくてハイな気分になったりと、後で思うと自分でもおかしくなります。でもそれだけ、結婚に対して敏感になっているのだと思います。

今、年齢も三五歳を過ぎ、弟や親しい友人がそれぞれ家族を持ち、幸せそうな様子を目にすると、「私もいつかそういう自分の家庭をもてたら…」と心から思うことが多くなっています。今は、仕事に、趣味のインターネットに、そして「Hearty Ladder」の活動にといろんな所でいろんな人と行動し、その時どきで、同じ目標に向かって頑張る楽しさ、それらが達成された時に得られる喜びを同僚や友人たちと共有できるすばらしさを強く感じています。

もちろん家庭においても両親という、どんな些細なことにでも誰よりも深く一緒に喜んだり悲しんだり、どんなことにも快く協力してくれる家族がいてくれるわけですが、私の人生という場においてもそういうパートナーがいてくれたらどんなにすばらしいだろうかと思うし、もしその夢がかなうなら、今以上にもっともっと何事にも頑張れる気がします。

これから先、どういうことになるかはわかりませんが、そういう夢を抱きながら、とりあえず今、この生活や家族、そして周りの人たちとの関係を大切にして一日一日を生きていきたいと思います。

あとがき

　この本を執筆するきっかけになったのも私の作ったフリーソフトです。この本の話を持ちかけてくださった高文研の中村浩さんが「Text《テキスト》 Clipper《クリッパー》」という私のソフトを使ってくださっていたため、ホームページを時どき見てくださっていたのでしょう。「Hearty《ハーティー》 Ladder《ラダー》」の完成を知られて、『Hearty Ladder』に関することや、パソコンと出会った時のことなどを本にしてみませんか?」とメールをくださったのでした。

　最初はそんなに長い文章なんて書いたこともないし、どうしようかと迷ったのですが、本文にも書いたように、「Hearty Ladder」を作る上でいろんなことが私の脳裏を駆けめぐりました。その状態がまだ冷めていない時だったため、思わず「書いてみます」と返事してしまって、この本を書くことになったのでした。

考えるとインターネットの出会いでこんなことにもなるのだと、不思議に思います。果たして期待通りの本がかけたかどうか心配ですが、今までのことを私なりに振り返ってみました。

今の自分があるのはこれまでに出会った多くの方たちのおかげです。療育園や学校の先生、学生時代の友だち、会社の人、一緒に仕事をしてくださった人、地域の人、インターネットやパソコン通信で知り合った人、そして私の家族、そんな方々みんなに感謝の意を込めて書きました。

そして私のように「自立」について、「今の自分で良いのか？」と迷っておられる方が読まれて、少しでも元気になってもらえればと思って書きました。「自立」ということは人それぞれで考えや思いが違うと思います。私たちにとっては難しい問題ですが、またもっとも重要な課題でもあります。

私も、何でも一人でできて、生活しておられる人のことを知ると尊敬し、また本当にうらやましく思います。でも上を見ればキリがありません。たった一度の人生、目標や夢を持ちつつ、自分のできる範囲で、今を大切に楽しく生きることが自然に自立につながるのではないかと思います。

この原稿を書いている最中に幾つかのソフトに関するアイデアが浮かびました。でもソフトを作り出すと原稿は手につかなくなるので、原稿を書き上げるまではプログラミングをしたいのを我慢していました。そう、通信教育のレポートを書いていた時のように「これを書き上げたら思う存分ソフトを作らせてやる」というアメをぶらさげて…。

さて、無事に原稿も書き上がったことだし、これから、また大好きなソフト作りに夢中になれます！

最後に、この本を読んでくださって、ありがとうございました。そしてこれから作るソフトも楽しみにしていてください。

合掌

二〇〇一年六月

吉村　隆樹（よしむら・たかき）
1965年、奈良県に生まれる。１歳の時に脳性小児麻痺と診断される。1969年に長崎県に移住。1984年、長崎県立諫早養護学校高等部卒業。1989年3月、仏教大学通信教育部社会学部社会福祉学科卒業。現在、(株)ラボテックに勤務するかたわら、オンラインソフトも開発するプログラマー。
HP　http://www.try-net.or.jp/~takaki/

●著者が開発したオンラインソフト紹介

ソフト名	特　　徴
Quick Task Changer	起動中のアプリケーションをキー１つで切り替える。
Text Clipper	保存の簡単さと、再利用について考えたテキストのデーターベース。
Again Typer	直前にタイプしたキーをもう一度再現できるようにしたキーボードユーティリティ。
ニューさんさめ	駒を消していくゲーム。有名な「さめがめ」や「まきがめ」の３次元版。
Hearty Ladder	マウスの右クリックだけで文章の入力やメールの送信ができるコミュニケーション用ソフト。

パソコンがかなえてくれた夢
＊障害者プログラマーとして生きる
●二〇〇一年　七　月二〇日——第一刷発行
著　者／吉村隆樹
発行所／株式会社　高　文　研
東京都千代田区猿楽町二－一－八
三恵ビル（〒一〇一＝〇〇六四）
電話　03＝3295＝3415
振替　00160＝6＝18956
http://www.koubunken.co.jp
組版／高文研電算室
DTPソフト／パーソナル編集長 for Win
印刷・製本／精文堂印刷株式会社
★万一、乱丁・落丁があったときは、送料当方負担でお取りかえいたします。
ISBN4-87498-259-X　C0037